繪／紅麟

繪／紅麟

Gaea

GAEA

特殊傳說 II
恆遠之書篇 01
護玄——著

特殊傳說 II

恆遠之晝篇 01

目錄

特殊傳說Ⅱ

THE UNIQUE LEGEND

恆遠之書篇

登場人物介紹

Atlantis 學院

姓名：褚冥漾（漾漾）
年級/班別：高中二年級/C部
性別：男
袍級/種族：無/人類（妖師）
個性：非常普通的男高中生，個性有點怯懦，不太敢與人互動。

姓名：冰炎（學長）
性別：男
袍級/種族：黑袍/燄之谷與冰牙族後裔
個性：脾氣暴躁、眼神銳利。不過是標準刀子口豆腐心的好人～
目前狀況：沉睡中

姓名：米可蕥（喵喵）
年級/班別：高中二年級/C部
性別：女
袍級/種族：藍袍/鳳凰族
個性：個性爽朗、不拘小節，喜歡熱鬧。非常喜歡冰炎學長！

姓名：雪野千冬歲
年級/班別：高中二年級/C部
性別：男
袍級/種族：紅袍/？
個性：有點自傲，知識豐富像座小型圖書館；討厭流氓！兄控!?

登場人物介紹

Atlantis 學院

姓名：西瑞・羅耶伊亞（五色雞頭）
年級/班別：高中二年級/C部
性別：男
袍級/種族：無/獸王族
個性：個性爽朗、自我中心。出身於暗殺家族，打扮像台客。

姓名：萊恩・史凱爾
年級/班別：高中二年級/C部
性別：男
袍級/種族：白袍/人類
個性：個性隨意，存在感低、經常超自然消失在人前，執著於飯糰！

姓名：藥師寺夏碎
性別：男
袍級/種族：紫袍/人類
個性：個性淡泊，不喜過多交談，是個溫柔的好哥哥。
目前狀況：醫療班療養中

姓名：席雷・阿斯利安（阿利）
年級：大學一年級
性別：男
袍級/種族：紫袍/狩人
個性：友善隨和，善於引領他人。

暱稱：好補學弟
年級/班別：高中一年級/C部
性別：男
種族：人參
個性：初入世界，所以很容易受到驚嚇，但是在奇怪的地方也有小聰明。

姓名：哈維恩
年級/班別：聯研部　第二年
種族：夜妖精
個性：種族自帶暗黑的陰險反骨天性，但對於認定的事物相當忠誠、負責。平日也很認真在學習上。

登場人物介紹

其他

姓名：式青（色馬）
性別：男
種族：傳說中的幻獸．獨角獸
特色：能化為獸形或是人形
個性：只要美人希望我怎樣我就怎樣～

姓名：休狄．辛德森（摔倒王子）
種族身分：奇歐妖精族的王子
性別：男
袍級：黑袍
個性：看重血脈、家族、榮譽，厭惡隨便打交道。

姓名：九瀾．羅耶伊亞（黑色仙人掌）
身分：醫療班，鳳凰族首領左右手
性別：男
袍級：黑袍、藍袍（雙袍級）
個性：科科科科科……

姓名：黑山君
身分：時間之流與冥府交際處的主人
種族：不明
個性：不太有情緒起伏，性格相當謹慎細膩，偶爾會很正經地捉弄訪客。
特別說明：喜歡好吃的東西。

姓名：白川主
身分：時間之流與冥府交際處的主人
種族：不明
個性：看似大而化之、易相處，但心中自有衡量，很多事情都看在心中。
特別說明：喜歡會飛的東西，例如白蟻（？）

姓名：褚冥玥
身分：大二生，漾漾的姊姊
性別：女
袍級/種族：紫袍/人類（妖師）
個性：直率強硬，很有個性的冷冽美女。異性緣爆好！

登場人物介紹

其他

姓名：重柳族
身分：？
種族：時族
個性：非常正經認真、死守種族任務，
但思考並不僵化、能溝通。

姓名：安地爾
身分：耶呂鬼王高手
種族：似乎是鬼族（？）
個性：四分的無聊、四分的純粹惡意、一分的塵封友情、零點五的善意、零點三的不明狀態、零點一的退休狀態、零點一的觀光。
特別說明：最近都在泡咖啡。

失落在過去的傳說

這個世界，運行著時間歷史。

黑色的種族掌握著兵器，而白色的種族守護著生命。
當歷史用盡時間軌跡，世界將會終結一切，重新開始。
黑並非黑，白亦非白。

他們的血液、靈魂中，從初生起始便已刻印了種族任務。
在「此歷史軌跡」，將支撐起一小部分歷史責任；與大部分種族相同，使時間能順利運行，進而交互撐起全世界。

戰爭、和平，在漫長的時間裡都僅只是過眼雲煙。
看得太多，忘得太多。
直到，連自己都被遺忘。

第一句詩獻予持續生命的足跡，第二句話獻予護衛歷史的支流，第三句謠獻予傳遞記錄的翅膀……

遠古歌謠輕輕在寂靜的牢獄中響起。

黑色牢獄，四面華麗的牆與雕飾繁複的屋頂，冰冷卻也溫柔地將許多早已被人遺忘的存在圈禁在此。聽不見時間的流逝，也感受不到生命溫暖。

太過久遠，已經無人能記得最後的白色時間。

第一句詩獻予持續生命的足跡……第一句詩獻予持續生命的足跡……

第一話　記錄中的傳說

第四句訴獻予擔負責任的雙手，
第五句語獻予捍衛種族的力量，
第六句說獻予創造新生的搖籃，
第七句言獻予統一族群的秩序……
第八句……

當時，並沒有第八句。

「褚……」

「褚冥漾！」

一陣暴吼聲把我整個嚇醒……呃……嚇醒？

從位子上跳起來，我才驚覺自己竟然真的是被嚇醒，沒記錯的話我不久前還在上課啊啊啊啊啊啊！

我竟然在課堂上睡著了！

站在講台邊的夭壽……妖獸課老師正在盯著我看，那種眼神好像想把我給吃掉……不對，他是真的打算把我吃掉！

發現臉邊有張充滿鯊魚牙齒的大嘴巴和黑黑的喉嚨洞後，我連忙抽出米納斯。

真不是我要說，難道這是剛結束旅行的後遺症嗎！我就說你們這些不負責任的可惡傢伙，連招呼都不打，動不動把我拉進夢連結果然會出事！我生平沒有在課堂上睡著過啊啊啊啊——被掉下來的天花板打掛例外。

如果我人生不要常常被天花板敲，我可以拿全勤獎的啊渾蛋！這世界就是當你有心閃躲籃球，你還是永遠閃不掉從天而降的天花板嗚嗚嗚嗚。

「既然你剛從學校認可的公會任務回來，想必一路上應該也見識不少好料的。」妖獸老師露出陰險的笑，「敢在老師我的課堂上睡到打呼，看來這隻『蝴蝶怪』八成也奈何不了你吧。」

……不是我要說，搞不好真奈何不了我。

我覺得我對很多事都能淡定了——有什麼比陰影要毀滅世界，還有暴怒的學長更可怕呢！

有本事把暴怒的學長弄到我前面啊，我肯定馬上跪在地上求饒給你看！

雖然很想這樣說，但是蝴蝶怪是什麼鬼！

我握著米納斯，端詳著眼前摩托車大小的「蝴蝶怪」，說眞的一點都不像蝴蝶啊喂！這隻長得好像有皮膚病的穿山甲哪裡像蝴蝶！

「牠的主食是蝴蝶。」妖獸老師補了這句。

……給我好好地去吃人啊！你不是長得一嘴會吃人的牙齒嗎！

退了兩步，雖然不知道牠副食是不是吃人，不過我還是打算在牠撲上來之前先開槍。

……

………

等等。

好像從剛剛開始就沒聽見任何聲音。

讓米納斯幫我看好蝴蝶怪，我轉過頭，竟然眞的沒看見人，連個同學都沒有……該不會是在我睡著這段時間都被吃光了吧？不對啊，就算牠想吃還吃不掉吧，肯定會被喵喵他們揍得鼻青臉腫，直接變成被脫皮的穿山甲。

「你眞睡死了，你已經連睡了三堂課，老師待會兒有別的事，你再不醒我會很困擾的。」

招招手，妖獸老師叫回那隻皮膚病穿山甲，後者還邊搖尾巴邊小跳步過去了，跳得好像什麼少女之姿似地。

我突然相信牠真的吃蝴蝶了，吃蝴蝶的怪叔叔。

不對！三堂課！

連忙看了下時間，我驚恐地發現我後面三堂課都蹺掉了，扣掉妖獸的第二堂，還有兩堂符咒啊！

「中午吃飯時間都過了。」妖獸老師還補上這句。

你浪費什麼時間看我睡三堂課啊啊啊啊！還有我真的有打呼嗎？

「不好意思。」雖然很想用槍托往老師臉上敲，但槍托太小了，我只好趕緊先收課本，「我先去趕……」

「不用趕了，今天的課老師都幫你請好假了。」

「咦？」

愣了三秒，我一時無法理解妖獸老師的意思。

接著，教室門唰地一聲被打開。

我看見輔長與賽塔走進來。

※

「看來還是活得好好的嘛，還以為活出問題了。」

你才全家活出問題。

被輔長抓捏一番後，我白眼了下對方的結論。

「請問，到底是……？」雖然不知道發生什麼事，但沒道理睡了三堂課就出問題吧？這怎麼看都比較像是夢連結後遺症，回來之後我常常想睡啊可惡！

「似乎沒什麼問題。」坐在一邊的賽塔微笑地說道：「伯利特通報保健室說你睡太沉了，但我們方才手上正在處理緊急事務，拖延這麼久才來，真是抱歉。」

妖獸……伯利特老師聳聳肩，撥撥自己帥氣的棕色劉海，「幸好我接下來沒課，不過他如果再這樣睡，我就得考慮讓小蝴蝶含著他，帶著一起去約會了。」

死都不想被皮膚病的小蝴蝶含！是要含去哪裡啊喂！

「沒檢查出異狀。」輔長再度拎著我上下檢視，苦口婆心地說道：「孩子，半夜不要打電動打太晚啊，會爆肝。」

「並沒有打。」旅途回來之後基本上沒碰啊。

「褚同學最近都很早睡呢。」賽塔笑笑地說著：「或許有可能是旅行帶回的疲憊，跨越時間之流原本就會影響身體，就請提爾幫忙多調製些能恢復精神的飲料吧。」

……該不會跟安地爾那個死傢伙有關吧。

說到影響，這次去只有被那該死的渾蛋鬼族殘影給影響啊！

嗚嗚嗚根本不想去回憶自己有多悲劇啊……害我短命三年不夠，現在還要害我睡太多嗎？但是睡太多好像也不是什麼壞事？

「看來沒什麼問題，不過既然伯利特老師已經幫你請好假，就趁著這晴朗的好天氣下午，稍稍偷懶歇息吧。」

聽說是校方人員的賽塔如此勸我偷懶蹺課。

既然他們都這樣決定了，我也就乖乖整理書本……晚一點再請教別人今天教哪些好了唉。

旅行回來之後，我的進度已經掉別人一大截了啊！好不容易才惡補一點回來。

不過其實並沒有我想像中掉得多，很可能是旅行中阿斯利安有空就會教我，外加亂七八糟的事情看多了，前兩天的突襲小考竟然讓我差點考滿分——老師說答對不到一半就會放地獄犬咬人也佔了很大的因素，死都不想被那東西咬到啊！這學校到底是怎麼回事，仗著不會真死就越來越凶殘嗎！

聽說上學期是用很像史萊姆的東西啊，從史萊姆變成地獄犬也差太多！

離開教室後，我默默順著花園往宿舍走。

學校還是一如往常地和樂——如果不去看好像有人被埋在花園裡，是真的比校外還要和樂很多。

「……學弟，要把你挖出來嗎？」本來不想管對方，不過走兩步之後良心有點痛，我還是繞回去花園邊，看著快被分解掉的陌生新生。

不知道爲什麼，這個一年級的同學沒向他的代導人求救，被埋得剩下半顆腦袋在外面。

後來我才知道很多代導人都是獅子的做法，懷著望你早歸……望你早日長大的心把新生踹進戰地，讓他們自生自滅個幾次，就會開始茁壯了。

學長，我眞的很感謝你沒把我放生，雖然你巴人超痛，踹人也超痛，而且還常常鄙視我，但你眞的是個好代導人。

快變成肥料的一年級以不知道該不該求救的表情看我。

「掰掰。」

「學長我錯了，請你救我。」

……爲什麼這種說話方式好熟悉啊！

可惡！

我眞的相信世界上有報應這回事了！

敲出米納斯，正想往地上開一槍時，超級不友善的氣息就從身後傳來。我還是以原本的姿勢開槍，不過子彈自行拐彎向後飛，噴出的水柱朝那幾個要偷襲的傢伙們射去，直接打得他們鼻青臉腫。

轉過頭，果然是那群襲擊我的老班底。前不久我才曉得其中一個帶頭的是A班、叫作劈里啪啦什麼東西的……

「畢里德卡。」

米納斯自動自發地糾正我。

看著趴在地上的豬頭，之前然曾警告我不要隨意動手，但是喵喵他們不在的時候，我還是得小心保護自己，就是不要把人打得太誇張。

「里德同學……」

「誰准你用朋友的語氣叫我！」趴在地上的豬頭馬上罵回來，完全忽視我的友好之心。

原來你朋友還眞的都叫你里德！這樣都讓我矇對，不過我覺得畢卡好像比較可愛說。

「霹霹啪啪同學。」用八點檔台語調！如何！

「……不准叫我的名字！」豬頭更怒了。

我聳聳肩，被摔倒王子罵久了，這種態度我好像也能接受。絕對不是我有被虐傾向，肯定是因爲聽太習慣，某方面來說摔倒王子好像先幫我免疫了某些事情啊！總覺得貌似該感謝他，只好先祈禱他不要那麼常摔好了。

「可惡……」趴在地上的豬頭就像前幾次一樣開始自怨自艾，好像又是什麼沒成功把邪惡趕出去、愧對他家幾千歲的老奶奶還有幾千歲的父母，加上無顏面對其他兄弟姊妹。

等等，你本人應該不會是幾百歲吧？

反正這群人還要跟自己的神懺悔半天，我就先朝後面的學弟開一槍，把他從土裡沖出來。米納斯把學弟整隻洗乾淨後，我才發現他大半皮膚都被腐蝕了，只好默默打開移動陣，

「我先帶你去保健室吧……」等等，這學弟比我想像的還嬌小啊！

再次看看對方身上殘留的制服，確認不是學妹，而是眞的比較嬌小的學弟之後，我就讓移動陣把我們送到保健室去。

順利到達保健室後，輔長果然還沒回來，然後我看見的是更不妙的人物。

「呦，新鮮肉體。」

黑色仙人掌露出詭笑。

※

「有陣子不見啦～」

看起來神清氣爽的黑色仙人掌嘿嘿嘿地靠過來，很垂涎地看著躺在地上半融化的學弟，「原來學校有新貨色，難得一見的……」

「噓噓噓——」嬌小學弟連忙搖手制止黑色仙人掌。

「你不會比你旁邊那個罕見啦。」仙人掌用「小巫見大巫」的語氣回應學弟的噓。

學弟呆呆地看著我。

我、我再度相信報應這回事。

而且我也好想打下去喔，難怪學長那時候敲我腦袋敲個不停。

「應該沒有比我還不能說的種族吧？」啊，不過這學弟看起來好像是剛進入學院，不像喵喵他們那種直升的老油條，搞不好沒聽過學校內有妖師的傳聞。謠言最近貌似已進化到潛伏的妖師要殺光校內高手，再去征服世界，被送走的學長就是第一個犧牲品巴拉巴拉的，「如果學弟不方便講也不用揭人家底嘛。」

「不、可以說。」小隻的學弟一邊讓仙人掌丟到床上接受治療，一邊巴巴地看著我，好像還眞希望我比他罕見。

比你罕見是會怎樣嗎！

難道會被煮了不成！

所以這到底是什麼種族啊！

「沒想到學校這批新生有人參精，我還眞沒掏過人參的內臟。」黑色仙人掌拋著手上的藥罐。

……

………

「人參？」我覺得我應該沒聽錯。

「精。」黑色仙人掌指指那個嬌小學弟，學弟的褲管下跑出了鬚。

……

還眞的會被煮掉啊啊啊啊！

爲什麼學生裡會有人參精！

這學校收學生的標準到底是什麼啊告訴我！

我按著牆壁，稍微思考了下自己到底有沒有從菜鳥變成不菜鳥。

這年頭人參精都可以揹著書包來上學了嗎？

不知道爲什麼，感覺好像有點溫馨。但認眞來說，我覺得人參比妖師還罕見啊！大家都看過妖師上學，但有人看過人參上學嗎！

……累了。

這學弟好補啊。

不過仔細看，這好補的學弟算長得滿可愛的，小小隻、米色頭毛、深褐色眼睛，圓圓的臉還有點稚氣，外表眞不會讓人聯想到人參，不知道修練幾年了……給我去得道成仙啊！上什麼課！

「好了。」拍拍學弟的肚皮，很快用神藥把人……把人參治療完畢的黑色仙人掌好像還是很遺憾，又多看了對方的肚皮兩眼，才去收藥。

接住黑色仙人掌拋給他的替換衣物，學弟又轉過來看我，這次表情變得很期待。

「妖師。」我只好自報能毀滅世界的名號。

學弟歪著頭，一臉不解。

「你沒聽過妖師？」這次換我不解了。說好的尖叫逃跑或尖叫砍人呢？

「這還眞稀奇。」黑色仙人掌推推眼鏡。

學弟搖搖頭，「過去幾千年，我一直在神靈聖地睡覺，直到最近才醒來。因爲那裡匯聚很多靈氣，吸了幾千年，就成精變人了。」

你這幾千歲的植物人！有你這樣睡到得道的嗎！你這樣和那種去影印花兩元、結果發票對到頭獎的人有什麼差別！

「我希望學習並得到能夠保護我和族人的力量，所以接受意見，來學院學習。」好補的學弟握緊拳頭說道。

這年頭當人參也不容易了。

「你加油吧。」拍拍好補的學弟，我決定回宿舍逃避現實，以免哪天想把他拿去孝敬父母。

「請等等。」學弟喊住我，「謝謝學長，我被花園拖進去埋了三天，都沒人幫忙……請你接受我的謝禮。」

「這倒是不用……」

說時遲、那時快，好補的學弟突然一把抓住褲管裡的根，啪嚓一下拔了一把出來。如果你不要從褲管下面拔，視覺上應該會好點。

然後幾條人參鬚就送到我面前了……好重的參味！果眞是條參！

「泡茶很好喝的，我有時候也會泡。你可以加蜂蜜或柚子，煮人參雞對身體也很好喔。」

學弟說著完全不對的話，努力想把他的鬚塞過來。

難道你平常都拔自己泡茶煮飯嗎喂！

在學弟期待的視線下，我還是收下了人參鬚；不是我要講，這就算是鬚也是好肥的鬚，掌上這三條都有兩根手指那麼粗啊，這本體原形應該很驚人。

看在三條老參鬚的份上，我想想，還是多和他聊幾句話好，反正下午也沒事，「睡幾千年甦醒，應該也要花點時間適應世界吧，辛苦你了。」雖然年齡是條老參，不過內心還是純潔的小高中生啊。

「是啊，被拔起來時，我都還聽不懂董事在說什麼呢，哈哈哈哈，幸好董事會說人參話。」學弟咧嘴笑。

人參話是什麼啊！

等等。

「被拔起來？」不是自然甦醒嗎？

「我本來一直沉睡的，突然有一天被抓住頭上的鬚往上拉，眞是痛死我了，把我給活生生痛醒……然後我就看見董事，她說她和守門人在賭拔蘿蔔拔錯，接著把我塞回土裡面，但是已經醒了就很難再深睡，於是董事便問我要不要來學校。」好補的學弟稍微簡單描述，接著有點感動地說著：「來之前，董事還特地花時間教了我不少事情，讓我盡快了解世界。」

她只是拔錯你在逃避責任啊啊啊啊啊啊啊啊啊啊！

扇董事！妳沒事去人家聖地拔什麼蘿蔔！正常可以去人家聖地隨便拔蘿蔔的嗎！更別說妳拔的是千年人參精啊！

……不過正常狀況下好像也不能去聖地烤肉放火就是，沒資格腹誹別人。

看著純眞的學弟，我突然覺得內心有點痛。

學弟有些羞澀地微笑，「董事人眞好。」

你應該掐死那個董事。

眞的。

※

就在我考慮要不要把殘酷眞相告訴好補的學弟時，保健室的門被打開了。

「怎麼又跑來保健室？」扛著一具屍體走進來的輔長挑起眉，「褚同學啊，你是走不回宿舍嗎？」

「你才走不回去。」我指指旁邊的學弟。

「喔，我才想你怎麼沒來報到，明明約了要過來。」把屍體隨便往旁一丟，輔長無視好補學弟被嚇呆的表情，把手隨便擦擦，去拿了幾瓶飲料拋給我們，「九瀾雖然也會治療一點，不過植物系的不是他的專長，你要是有啥重大傷害，得找特約治療師喔。」

「……特約？」我看了眼好補的學弟。的確，人參精是植物類，我還眞沒想到有什麼區別，剛剛黑色仙人掌擦藥也擦得很順手……不對！我現在才看見他那罐放回去的藥上面畫了某種在奔跑的馬鈴薯還是番薯之類的東西。剛剛還以爲那只是表示某種藥物的圖案，原來那是指治療活生生的植物用的嗎！

「植物精的生命軌跡和動物化成的精不太一樣，構造也是，基本上沒血肉，九瀾你可以不用想偷內臟，他沒內臟，你偷再多也只是人參肉，煮湯還行。」

我立刻轉過去看那個鬼祟的黑色仙人掌，他竟然還嘖了聲，把某種東西塞進口袋——你眞偷嗎！你啥時拿的啊喂！

好補的學弟抖著身體，慢慢往我身後縮。

你縮過來也沒用啊，鬼才知道黑色仙人掌啥時出手，別害我也被挖！

不知道是不是錯覺，我總覺得輔長怪怪的，剛剛在教室也是，他和賽塔都怪怪的，連妖獸老師也是，沒道理眞的把我放在那裡睡三堂課吧。

該死！難道那三堂課裡我被那隻小蝴蝶吞了又含嗎？

你們這些可惡的師長！

「總之，這卡給你，裡面有特約快速移送陣，有需要時可以傳到專屬的治療師身邊。」輔長遞了張綠色卡片給學弟，「兩位同學沒事就快回去吧，我和九瀾還有正事要辦。」

接著我和好補的學弟就被踢出保健室了。

看著走廊裡整排的屍體，好補的學弟臉色發白。幸好他沒像我當年一樣吐出來，不然我肯定還得在心中重新對學長懺悔一輪，然後揍這個學弟。

總之他沒吐，所以我也沒揍他。

走出保健室範圍後，我轉過頭，拍拍學弟的肩膀，「那你就快回去上課吧，慢走不送。」

既然輔長都給他快速移送陣了，生命有保障，就不用我再跟著。

「可、可是……」好補的學弟用棄犬的眼神看我。

「你跟著學長，會死很快的，乖。」快回你正常的世界吧，不然那些找碴的人會把你當同黨啊！接著就個別去找麻煩，再怎樣看我都不覺得這學弟可以像喵喵他們把對方打得亂七八糟，萬一被打著打著打出原形，他就眞的讓別人好補了。

好補的學弟有些猶豫，不過磨蹭了幾秒後，還是開口：「還沒請教學長的名字……」

「褚冥漾，但是不要向別人提這個名字。」一年級的大概還不知道妖師的事情。應該說，只有部分人曉得，不過爲了他好，還是別讓人賭那可能遇到惡意的機率。

「好，謝謝學長。」好補的學弟露出開心的笑，抓著卡片就跑了。

有瞬間，他讓我想起烏鷲。

如果不是陰影，或許烏鷲現在也像那個學弟一樣開心。

嘆了口氣，我轉頭繼續往宿舍前進。

然後，我一走走了半個小時。

原本有點感傷的心情現在充滿髒話。

看著附近剛剛好像才走過的噴水池小花園，我開始覺得這些校內造景又在耍我了。

以前迷路過幾次我就有心理準備，後來問別人，果然是校內那些小橋流水假山涼亭、各式造景都會位移，有時候是集體定期換位置，有時候是部分白目亂跑。

結果就是……知道迷魂陣吧。

這些造景不叫迷魂陣，什麼才叫迷魂陣！

就算已經在學校待了一年，我還是覺得這學校從活物到死物都無極限，果眞會激發起學生的動力——努力提升自己揍死你們這些鬼東西的向上能量！

「啊。」正要抽移動符時猛然想到，我剛剛好像忘記問那個學弟的名字，總不能下次眞的叫他好補的學弟吧。

算了，搞不好不會再遇見，等他知道妖師是什麼後，估計就算是人參，也會尖叫逃逸吧，果眞是人生啊。

移動陣啓動後，立刻將我轉回黑館門口，接著我看見了本日第二麻煩人物。

站在那邊的夜妖精朝我行了極爲尊敬的大禮。

※

「你怎麼突然跑來？」

看著不曉得爲什麼出現在黑館前的哈維恩，我有點錯愕。

「……我是聯研部的學生。」哈維恩說出了我忘得一乾二淨的事，雖然面無表情，不過隱約好像有點落寞，貌似在指控我這妖師把他這侍奉種族扔在腦後。

都忘記之前就是在學校遇到他的啊哈哈，還以爲他回沉默森林後就專心收拾起那邊的事情了呢！

就算你用那種有點指責的眼神看我，我也要打死不承認我忘記這件事，「我意思是聯研生爲什麼來黑館這邊。」

「請不要硬拗了，您眞的忘記我是這裡的學生。」

即使身爲侍奉種族，夜妖精還是個性差地丟了冷言冷語過來，「您回學校後，沉默森林的事務也都有專人發派，並不需要我們長久駐守。請放心，我並沒有記恨您把我忘乾淨的事情，身爲侍奉種族，即使曾經爲您燃燒生命、而您連我是同校學生都不記得這樣的事情，我是絕對不會在意。」

你記恨了，絕對有記恨。

「對不起，不會再忘了。」我只好先誠實道歉，至少讓哈維恩看起來滿意點。

這年頭身爲侍奉種族的傢伙要這麼斤斤計較嗎，好歹我也有擔心他們後續會如何，只是然要我別再插手嘛……

不過今天是怎樣，剛剛一條人參精用棄犬眼神看我，現在一條……現在一個夜妖精一臉棄婦指控我用完他就忘記，你們是說好來折磨我精神好讓我等等繼續睡對吧！

「總之，我是來向您打聲招呼，若您在學院裡有無法處理的棘手問題或對手，能夠命令我。」哈維恩畢恭畢敬地說道。

你打算把對手都幹掉是吧。

老實說，我覺得我從哈維恩眼中看見非常明顯「命令我、快命令我」這種閃爍的渴望光芒，這是怎樣……啊！我大概知道了！

靠！我忘了這些種族的奴性，這傢伙和他的族人們估計太久沒被妖師一族命令所以身心覺得空虛。雖說責任早已解除，但之前陰影事件八成激起他們熊熊燃燒的種族責任魂了，現在超渴望再被命令一下！

是M嗎！其實你是M吧！

「任何事情都能命令我。」哈維恩加重語氣，很期待地等著。

我深深覺得我現在叫他去拖地，他肯定會眞的拿著拖把愉快地把地拖到發光。雖然沒有毀滅世界那麼刺激，但他絕對是抱著沒魚蝦也好的心態跑來找我。

可能看出我的遲疑，哈維恩想了想，面無表情地解釋：「我們自從被解除職務後，雖說自由地過著生活，但缺少種族責任的靈魂失去了一角，所以……」

你們眞的是M。

就在我很認眞思考要不要叫他去拖地打發時間時，黑館的門被推開，提著超大竹籃的尼羅走了出來，看見我們時停頓了半秒後，極爲友善地微笑打招呼。

「伯爵不在嗎？」伯爵在的話，尼羅比較不會離開黑館，通常他外出處理事情都是伯爵不在，或是跟伯爵吵架。

「是的，我想前往情報班借取些物品，處理昨晚主人帶回來的這些東西。」

尼羅稍微打開竹籃蓋子，我看見裡面有隻對折的馬賽克物體和半張被弄髒的裝飾毯後，就決定不要再往下看了。

「需要幫忙嗎？我可以幫……」我的話都還沒講完，尼羅突然露出極度警戒的神色，接著往我旁邊一閃，瞬間我只覺得眼睛花了下，便看見尼羅擋在我前面，對面是哈維恩。

哈維恩搶了尼羅的竹籃。

「請讓我替您幫忙將這些東西送到情報班。」哈維恩恭恭敬敬說完話，就消失在快速陣法裡了。

你這個M！

這根本不是命令！

沒有人用這種方式曲解命令的啦喂！

尼羅轉過來，一臉疑惑地看著我，等解釋。

「呃……他沒惡意，他只是想幫上忙，請不要介意。」我還能說什麼呢？不要小看幾千年沒種族責任的空虛寂寞冷嗎！

糟糕，我好像要開始防備哈維恩從我身邊冒出來殺人或搶劫！

很快自行理解狀況，尼羅微笑了下，「我明白，請別放在心上，這不是什麼大問題。」

不，這絕對是個大問題。

誰知道幾千年累積下來的怨念會多強大，萬一他上癮了，每天都堵在外面等事做怎麼辦？

莫名感到背脊一冷，等等上去我就立刻打電話給然，討論要怎麼解決這事。

「那麼，我就先行告辭了。畢竟先前霜丘的夜妖精們才襲擊過公會……」

尼羅講得很含蓄，不過我立刻知道他的意思。

之前霜丘才攻擊過公會，哈維恩你個M就這樣抱著東西衝過去，人家搞不好會把你往死裡打洩憤啊！

別以爲公會不敢打無辜的人，他們就是敢，我才會擔心啊啊啊啊！

「抱歉，麻煩你看照一下夜妖精，他眞的沒惡意……」結果變成我拜託尼羅嗚嗚嗚……、

尼羅又笑了下，要我別想太多，就離開了。

目送人走光後，我踏回黑館。

空氣中的竊竊私語在我推開門那瞬間停止，接著又開始各式各樣的細響，那些黑館內的各種擺飾裝潢正常運作中。

吸了口氣，我直接衝上樓梯。

雖然現在已經不太怕這些裝潢了，但還是要避免它們的意外舉動！尤其是大廳的水晶掛燈最近好像很喜歡高空彈跳，前不久我就看過它往某個來訪的黑袍身上壓下去，然後逃走！

那一整個禮拜黑館大廳都沒水晶吊燈。

因爲沒有燈想來接替，後來不知道爲什麼，掛燈的巨大洞口上出現了一盞五燭的小黃燈……好感傷啊，那盞小燈擺在那邊有跟沒有一樣。要知道黑館大廳是挑高的，還挑很高，最好

是小黃燈的光可以打亮到下面啦，它就算再怎樣使勁燃燒自己，還是辦不到。

雖然住在此地的人都有能力自行點光，但也沒人喜歡一回黑館迎接自己的就是黑漆漆、外加頭頂上一盞風中殘燭。經過溝通，確保沒黑袍會殺人……殺燈後，離家出走的水晶吊燈才重新回到那個洞。

那盞小黃光後來又回到壁畫附近，估計它一生最燦爛的主燈時光就是那一週了。

回到房間前，我照例停下腳步，看著隔壁房門幾秒，才打開自己的房間，電視聲響迎面傳來。

經歷過各種事件後，最近根本連逃走、偽裝沒來過都懶的藍眼蜘蛛，大剌剌趴在電視前咬整桶的洋芋片，還自動自發給我打開陽台窗戶呼吸新鮮空氣。

風吹進來，各式各樣的大氣精靈從我窗外飛過。

現在，學長他們不知道在做什麼。

第二話　29兵團的挑戰

其實我完全沒預料到會再見到好補的學弟。

喔好吧，有想過可能哪天會在校園偶遇啦，但肯定不是一大早在詭異的夢境中被不知名物體狂敲玻璃吵醒，接著被主人未歸的尼羅招待了一頓美好早餐、正準備去上課時，在黑館大廳遇到這種畫面。

與昨天截然不同，已換上新制服的學弟乾淨整齊地坐在黑館大廳，嬌小的身體深陷在沙發裡，好像都快被沙發吞噬……不對！沙發眞的在吃他！

我連忙衝過去，把還狀況外的學弟整隻拔出來，接著看見沙發露出遺憾的縐褶，慢慢恢復原狀。

住黑館這麼久，我都不知道沙發會吃人！該不會那天水晶燈掉下來也是要吃人吧！你們到底是基於什麼心態想進補！別以爲凶暴的學長不在家你們就可以亂來啊啊啊啊啊！

盯著正在恢復鬆軟假象的沙發，我決定以後都不要坐這張沙發，難怪我偶爾會覺得屁股有點涼涼的，還以爲是自己想太多，原來這些可惡的家具根本都是捕蠅草吧！你們再給我陰險地沉寂多年看看！

「學長早。」完全不曉得自己一直在九死一生的好補學弟，露出傳說中呆萌蠢集一身的笑容向我打招呼。

「……早。」不知道爲什麼，雖然他的笑容看起來很清爽，我卻超想往他頭上打下去，這究竟是什麼不妙的心態？

好補學弟十分乖巧地打開了身上的側背包，接著從裡面掏出月桃葉編成的小盒子；一開蓋，立即散發著讓人不太想形容的濃濃進補香氣，「我幫學長準備了早餐，想正式答謝花園的事情。」

一大清早就吃人參杯子小蛋糕不知道會不會奢侈得天打雷劈。

我盯著正發出濃濃氣味的另類早餐，突然覺得自己的身體健康了不少，「那個，你眞的不用介意這件事情。」都收參鬚不是就扯平了嗎學弟。

好補的學弟露出不知所措的表情，有點緊張地向我解釋：「可、可是離開之前，家父有明訓，如果在外遇人動手，須以千百倍回報啊。」

你肯定會錯意了，就算我不認識更老的參，我也有絕對有把握能告訴你：你老子百分之三百是明訓你去把扁你的敵人千刀萬剮。

……

等等原來你爸還在世界上！

我開始思考會不會哪天看見巨無霸人參出現在學校這種事情。

「學長不吃嗎？」好補的學弟再度露出棄犬般閃閃發亮的哀傷目光。

其實我在尼羅那邊已經吃飽了，尼羅準備的飯菜一向超好吃，所以我是吃撐狀態才出來，但又不好推拒好補學弟，只好點點頭和他在另外一張沙發坐下。

就在我咬下第一口小蛋糕時，學弟帶著追星族的語氣，很興奮地再度開口：「對了，我詢問了老師和同學，發現學長很有名耶！幾乎大家都知道，好多人問我怎樣認識的！」

「噗——咳咳咳咳——」我直接嗆到，用力把那口差點奪我人生的人參蛋糕嚥下去，無視那嗆到腦袋上的參味連忙看向學弟：「不是有說不要提我的名字嗎！」找死不嫌晚啊！

學弟無辜地歪著頭，不解地回答：「沒說啊，我只問大家知不知道學校裡的妖師學長？」

啪！

一巴掌往好補學弟頭上抽下去時，我才發現我破戒了！

竟然第二次就、開、殺、戒！

就這樣步上學長後塵了啊啊啊啊——會傳染！這種習慣絕對會傳染！

不過都抽完了也來不及了，我只好補上一句：「這個學校只有一個妖師啦！你問別人妖師不就跟報我的名字一樣嗎！」這世界就是以爲自己夠豬頭時，會突然發現原來還有人比自己更加豬頭。

好補的學弟抱著腦袋，滿臉問號：「可可可可是我沒有講名字……」

我終於知道學長當年是怎樣看待我的，因爲我現在也非常明確立體地在好補學弟臉上看見「白目」這兩個字……原來學長就是這樣看我的……

摸摸自己的臉，我有點感到心虛。

但是我並沒有到處去問人家那個迅猛龍黑袍學長的事情啊！

……大概沒？

用力深呼吸幾次，我冷靜地看著好補學弟，「然後，你同學和老師怎麼說？」老師應該不至於打人參，同學就危險了。

先想想該怎樣處理，一樣都是學弟，爲啥丹恩就特別不用操心，那個鬼學弟能力不錯，代導人一到期就把我開除去追逐他哥的背影，最近聽到他的卦是他和他的朋友們在某個觀光勝地把殭屍還什麼歷史文物給復活了，接著全體人員賠了一筆不小的修繕費。

就在我想到其他地方的時候，人往後閃開一點的好補學弟想了想，說道：「老師問可不可以找你搶銀行？他說二年級C部已經搶過很多次銀行，所以班費累積得和某小國的國庫一樣多。」

誰去搶銀行！哪來的謠言！

等等，我們班的班費什麼時候跟別人的國庫一樣多？

「……你哪個班的？」會做出這種發言的老師肯定不是A部。

好補學弟很高興地又靠過來，人參鬚像狗尾巴一樣在褲管裡晃了出來，「一年C部，跟學長一樣。」

靠夭。

這學校到底是用什麼概念分班的？

拿出手機，我先傳訊息給喵喵他們，向他們打個招呼。我記得在開學時喵喵和庚學姊她們有帶一年級的班，也有不少人抱持著仰慕心態來找萊恩他們問幻武兵器的事，裡面應該會有好補學弟他班上的同學。

很快地，果然得到回應，有個能力不錯的學弟在一Ｃ。

「以後可不可以和學長選一樣的課？」好補學弟用閃閃發光的渴望視線看著我。

「不管那些，總之以後如果有人攻擊你，你就去抱你們班同學的大腿，懂嗎。」我評估一下萊恩傳來的那個學弟的實力，應該夠把普通學生打得屁滾尿流。

「欸？」好補學弟又歪頭。

「懂、嗎？」我抬起手，想抓頭癢。

「懂懂懂懂懂懂。」好補學弟死命點頭。

好，解決一個問題。

※

收起手機，我喝了口茶。

「繼續剛剛的問題，你同學有什麼反應？」

好補學弟不知道是在思考還是愣了幾秒，才回答：「有的人跑掉了，有的人大笑……」

跑掉我理解，大笑是什麼鬼？

「對了，有人要我拿這個給學長。」猛然想起了什麼，好補學弟立刻翻找身上的口袋，接著翻出一封東西遞給我。

接過一看，是個信封，上面蓋著沒見過的紅色圖騰印，是一把斷刀的樣式。

「這是29兵團的徽章。」

不屬於我、也不屬於好補學弟的聲音從身後傳來，把我們兩個都嚇了一大跳，我和學弟幾乎瞬間心連心地同時回過頭，看見黎沚不知何時像鬼一樣冒出來趴在我們椅子後面，興致勃勃地看著卡片。

從時間之流回來後，黎沚的確就如他所說在學校裡帶領新的格鬥課程，但聽說他班上的學生因爲黎沚長得嫩、又沒外放力量感就小瞧他，要他拿出師長的樣子放大絕招讓所有人開開眼界，以至於開課當日不到五分鐘就全班都去醫療班報到了。

「快打開嘛。」完全沒意識到自己出現得很突兀的黎沚催促著。

照黎沚的話，我打開信封，裡面只是張簡易卡片，上面以通用文寫著：「29兵團擇日拜候妖師，主神見證，右商店街懸吊廣場，至多五人，一決生死。」

「……」

我覺得我好像看到類似挑戰書的東西。

「29兵團是最近新興的傭兵探險團喔，主體是學生構成，校內外都有，好像是先前大競技賽時組成的，目前也有招收社會人士。」黎沚笑笑地爲我解釋超不妙的詭異兵團，「校聯合活動後很常會有這種組合團體，當時學校停課讓各地學生們能盡情交流與相互學習，那段時間大家聊著聊著興趣一致，就會成立各種團體，也有文藝類型的，例如前幾年成立的破魔詩歌班就很有名，現在已經頗具規模，很多地方都聘請他們前往喔。」

我拿著卡片，轉向好補學弟：「你們班有兵團的人？」

「不知道。」好補學弟呆呆地回我三個字。

「去嘛去嘛，很好玩的。」黎沚超期待地慫恿我。

只有你這種能把別人打著玩的才會好玩啊！

按著額頭，我在想今年是不是流年不利，忘記安太歲什麼的。不過這太歲安了八成會瞬間拔腿逃就是，沒把握太歲會好好罩我。

還有右商店街的懸吊廣場是什麼鬼！我根本沒去過那個地方啊啊啊——

「學生競技的活動，老師不能隨便參加。」有點遺憾地看著挑戰書，黎沚側著頭，「不過如果他們有安排社會人士，要通知我喔！上面說了最多可以五個人。」

我絕對會一秒通知你！

最好是有安排社會人士！我用妖師的能力衷心祈禱，快點給我安排社會人士啊你們這些傢伙！

「我可以去嗎？」可能感覺到黎沚很友善，好補學弟也跟著期待了起來，「他們有幫我蓋章，我應該可以去吧？」

「蓋章？」

學弟點點頭，乖乖地轉過身拉起衣服，讓我看背後。

我看見好補學弟小小的背上寫著：「一丘之貉、殺！」下面一樣蓋著兵團的紅色章。

我的擔心果然出現了，沒事來個路人和我混在一起就招來殺機，還眞是……算了，這也不是我的錯，這些傢伙連路人都要牽拖，就別怪我放大絕送他們全方位王水圈了哼哼哼哼。

「我先幫你擦掉吧。」黎沚笑笑地從椅子後繞過來，隨手往學弟背上一抹，那些字和章立刻消失得乾乾淨淨。

「謝謝老師。」好補學弟放下衣服，很乖巧地起身道謝，「那我也差不多該去學校了。」

「嗯，有興趣可以選我的課喔。」黎沚和好補學弟揮揮手。

「欸，等等。」連忙起身喊住正要跑出去的學弟，我這才想起另一件事：「我都忘記問你名字了。」總不能把學弟拖下水還不知道人家名字吧！

「……喔喔喔！對！真是太失禮了！」好補學弟連忙又跑回來，再次規規矩矩地彎身行禮，「我叫作靈芝草。」

那瞬間，我好像聽見什麼「哎呀呀」的熟悉音效還有打黑槓的古老電視劇畫面。

「……」

「……」

難得黎沚會和我一起沉默。

「你的種族是人參吧？」剛剛我應該是問名字？

「嗯，所以我叫靈芝草。」學弟很高興地說道：「父母說靈芝草聽起來比較好聽，而且有三個字。」

……

………

你們再給我莫名其妙一點啊！

※

送走學弟後我回到黑館大廳。

留在廳裡的黎沚若有所思地看著握起的拳，一鬆開手，他剛剛擦學弟背後的那隻掌心浮現出黑色的一團霧氣。

我就知道那些字和印章肯定不是什麼好東西。

「只是跟蹤術法和惡作劇的小玩意，不用擔心。」黎沚收起手掌，捏散了黑霧，笑笑地說：「安因設置的比這個還要恐怖很多呢。」

別拿安因來比，29兵團的人肯定發動不了聖戰啊！

「那麼我也該準備去上課了，沒準時的話洛安肯定又會唸個不停了。」黎沚揮揮手，說著也往大門走去，「有社會人士要記得找我喔。」離開前還不忘確保他的名額。

「嗯。」

稍作整理，我也如平常般去上課了。

一進到教室，突然冒出來的萊恩咬著飯糰朝我揮揮手。

「我已經讓人幫忙注意那個學弟。」並沒有問緣由與好補學弟的背景，萊恩相當豪爽地幫忙貢獻。

「感謝……我在路上有看到飯糰都會幫你買一份的。」有這種好朋友還有什麼好計較的呢！當然是繼續收買！

萊恩朝我比了記拇指。

趁著機會，我順便向萊恩打聽29兵團的事情，不過才剛開口，附近的喵喵和千冬歲立刻靠上來。

「29兵團沒什麼威脅。」千冬歲推了推眼鏡，冷哼地聲：「不過一群自稱兵團的雜牌軍，目前總人數十七人，並沒有什麼特別有建樹的活動，只接過幾次層級不高的任務。」

「班上有嗎？」我還眞不知道班上其他人平常在幹嘛。雖然已經共處一年了，不過班上同學因爲各種特立獨行的性格，大多喜歡做自己的事情，課餘時間除了全班目標一致要圍毆誰誰誰之外，平常很少全體混在一起，甚至有些還像千冬歲和五色雞頭一樣彼此看不順眼，偶爾會打架單挑的。

「沒有。」喵喵搖頭，「不過我聽說A部有喔！」

A部有？該不會劈里啪啦那些人是29兵團吧？

不對，應該不是，如果他們是，早就把挑戰書插在我的天靈蓋上。

「那班上有類似的嗎？」既然說到這件事，我還是順便問一下比較好，以免我們班還有個啥兵團，哪天被插刀都不知道。

「沒有，要那個幹嘛？」萊恩也搖搖頭，最近成熟不少的臉還疑惑給我看，「歲一個人就可以挑掉那種兵團，不需要。班上其他人程度也都不低，還不如加入正規冒險團或公會。」

……我忘了我們班的人是例外中的例外。

「如果你缺人手，萊恩借你，滅團。」千冬歲比了一個抹脖子的手勢。

「喵喵也可以幫忙，滅團。」喵喵跟著也比了一個抹脖子的動作。

「呃、我想我自己先看看好了。」時間還沒決定，我想想能夠找誰幫這個忙。重點是要找個比較不凶殘的幫手……你們直接就要滅人家團是怎樣！受到陰影影響的人應該是我啊！

就在我思考著庚學姊是不是比較好的選擇時，背後突然傳來讓人毛骨悚然、而且完全不想回頭的氣氛與聲音。

「漾～大爺我好像聽到什麼好玩的事情喔。」

臉上已經自動出現邪惡黑影的五色雞頭一腳踩在我的椅背上，我回過頭，在看見「拎刀咖厚」這種標語的襯衫時，決定再把頭轉回來。

五色雞頭直接跳到椅背上，無視千冬歲散發的強烈不歡迎視線，壓著我的後腦橫過身去抽桌上那張挑戰書，「哼哼哼，大場面，當然是本大爺打先鋒！你這弱小的僕人就撤到旁邊去乖乖看戲。大爺一人打遍天下無敵手，來五十個也照殺不誤！」

糟糕，最凶殘的幫手卡位了！

「那是友誼賽而已啦。」我連忙從雞爪子下掙扎起來，抽回挑戰書。

「一決生死就是殺，沒第二句話。」五色雞頭跳回地上，擺出瀟灑的打光姿勢，「天下我獨行，江湖我獨名，若要來相殺，絕對大歡迎。」

最近又在看什麼啊喂！

「總之只是小角色，不用勞動到大爺您幫忙啦。」連忙把挑戰書抽回來，我盡快找其他話題，以免五色雞頭興頭來，又給我鬧到爆，「對了，班費爲啥會變國庫？」

喵喵有點疑惑地放空幾秒，接著猛地拍了下手掌，「對了，漾漾之前都不在。前陣子歐蘿妲班會時有公布報表啊，說班費在放假前已經增值到原先的七十幾萬倍，因爲我們有簽署同意讓班長全權管理班費，所以暑假時歐蘿妲用班費在原世界和守世界收購一些產業，規劃了產業鏈什麼的，好像就漲了很多？喵喵也不是很懂，反正歐蘿妲宣布大家都有股份喔，所有股平均分配給全班，報表收據很透明可以隨時查詢；年度盈餘會直接進到全班同學的帳戶中～大家還在討論這學期班遊要不要去原世界歐洲十日遊呢！」

有股票是怎樣！

我記得下學期班費就已經多到嚇人了，但是七十幾萬倍是怎麼增值出來的！到底是什麼驚悚的投資報酬率？

深深覺得這個消息比收到挑戰書還要可怕。

「相關產業名稱喵喵再寄一份給你。」貌似不覺得這件事根本比鬼故事還恐怖的喵喵可愛地微笑著：「裡面也有旅館和餐廳，班上同學都是免費使用的，歐蘿妲已經申請好認證，全班同學的個人卡片都會內建標註班級股東會，漾漾出任務或去玩可以使用喔。」

……

媽，我好像變成股東了。

※

結束了上午的課程，我帶著心靈上的驚嚇疲憊和喵喵等人一起踏進學生餐廳。

萊恩依舊立刻衝限定飯糰，喵喵與千冬歲也各自奔去搬午餐。

五色雞頭倒是一下課就神祕兮兮地說什麼他有江湖事，然後整個人再度消失在他的康莊大道上。

就在我取了餐點先回到座位、等待其他人時，那位很M的哈維恩跟變魔術一樣，突然出現在我正前方，害我一口飲料差點噴出來。

「聽說有兵團向您挑戰。」不知道哪來的消息，八卦靈通的哈維恩恭恭敬敬地看著我，「請讓我代替您出戰，徹底消滅所有威脅。」

又一個要滅別人團的，你們能不能和平點啊？

就是因爲你們都比我還會滅團，才會有妖師要殺光學校高手的傳言啊啊啊啊啊——

「不，不用了，我應付得了。」大概。

「這種小事不需要您親自出手，那種程度的兵團對我而言輕而易舉。」哈維恩露出輕視表情。

既然大家都說程度不高，說不定我還眞的一個人就能應付了。劈里啪啦他們我都可以全身而退了，沒道理程度不好的兵團會束手無策。

哈維恩深深地看了我一眼，又擺出那種深閨怨婦臉。

「不用，我自己可以。」語氣堅定地回絕對方請求，我放下飲料杯，幸好昨天我已經問過然要怎樣處理了哼哼，「如果你眞的想幫上忙，那不如幫族長記錄一下學校……」

「如果需要記錄學院中在戰後發生的不自然異事，我們已經有族人在處理。」哈維恩快了一步回堵我，而且臉上還出現某種勝利姿，「族長有需要可隨時調閱。」

……好你個黑嚕嚕的哈維恩。

「那就回去乖乖上課。」你是學生吧！

「目前爲我選課的課餘時間，不妨礙學習。」說著，哈維恩還補上一句：「若您想檢視我的成績，科科都是滿級分。」

可不可以不要這麼認眞啊！而且看他的表情還眞的想把成績單交給我看……得意個毛！

就在我努力想擠出點什麼打發這個求任務的夜妖精時，喵喵和萊恩等人抬著大盤小盤回來。原本以爲他們剛好來解救我，沒想到喵喵竟然順勢邀請對方坐下了。

幾個人重新簡單自我介紹與打招呼後，附近有個一年級的女學生趁隙往我們這邊靠近。

「不好意思，這是要給學長的……」長得有些可愛的女同學扭捏地朝一群人裡最路人的我遞出張卡片，害羞扭捏得像是要跟什麼大帥哥告白一樣，引起附近其他學生的注意。

說眞的，如果是在一年前，我大概會覺得自己今天絕對狗屎運，然後笑得像白痴一樣接受，但一年後的今天，此時此地，我連那個女生的臉都沒多看兩眼，只深深地思考這卡片會不會在碰到那瞬間爆炸，或是釋放什麼天空龍之類的。

看我沒立即伸出手，坐在一邊的哈維恩竟逕自接下，動作非常自然地在卡片上一彈，灰黑色的小蟲被彈出卡片，在空中化爲灰燼。

「我所侍奉之主會準時赴約。」哈維恩冷冷看了眼女學生。

就說絕對會釋放……等等！我哪時候變成你侍奉的！

「哈維……」正要制止哈維恩隨便給我亂回應時，喵喵與萊恩唰地下猛然站起身，一左一右拍開空氣裡不知名的東西。

那瞬間我的確看見浮出空氣、像是小蜻蜓一樣的生物被他們兩人打飛，撞在地面的同時便爆炸了。

餐廳立即全部安靜下來，附近的學生們早一步設下各式各樣的防護，那些雕刻裝飾什麼的也都自行閃避很遠，大家有志一同地往我們這邊看好戲。

爆炸的煙霧以極不自然的急速消散後，扭捏的女學生後頭不遠處已站了一排人，列開共九人，中間還有個散發自然高傲氣質、和摔倒王子很像，讓人乍一看就打從心底想祝福他每日一摔的學生。

「艾蜜兒，退下。」高傲學生旁邊的第二高傲學生這樣對那個扭捏女學生說道。

女學生又害羞地看了我一眼，往旁邊退開了。

仔細一看，加上女學生在內，這十個人還眞是形形色色，不但有部分散發出不同種族的感覺，連打扮也很迥異，有的很華麗有的很樸素，也有穿學生制服的，看起來從校內的國中部到聯研部都有。

他們身上全都佩掛一樣的斷刀徽章，就是卡片上那個29兵團的圖案。

不知道哪時候站到我旁邊的哈維恩恭敬地把手上的卡片遞給我……說了不是你主人！

沒好氣地接過卡片，打開一看，上面寫著「日落之時，六點分曉。」

……你們可不可以用正常方式寫啊。還有挑戰書不要搞得很像要給什麼情書一樣，營造額外的無用氣氛！挑戰書不是要先找個我身邊的人把他揍得跟豬頭一樣，然後再讓豬頭送過來嗎！為何兩次都如此和平？

就在我內心對這個兵團腹誹個沒完時，對方先有動靜了。

那名第二高傲的學生很不齒地看著我們這邊的人，露出冷笑，「沒想到連鳳凰族的人也如此墮落，和這種邪惡混在一起，你們這些自詡古老高貴的血統也差不多該變成下等……」

他話還沒說完，一支飛箭直接擦射過他臉頰，帶出條血痕釘在餐廳的牆壁上。

「要挑戰就挑戰，廢話那麼多也改不了你們會滅團的事實。」千冬歲露出比對方更高等級的魔王冷笑，手上用風符做的弓隨意消散，「煩。」

29兵團的人露出受辱的表情，不過我覺得他們應該多少聽過千冬歲的名號，畢竟這陣子喵喵等人因爲妖師的事情被找碴、用了種種方法輾掉不少人，凶殘程度肯定已經深植人心，所以這些團員倒是沒再開口挑釁。

「……看來你們也確定人員了，最好別臨陣脫逃。」狠狠掃了我們所有人一眼，第二高傲的學生語帶凶戾地撂話，「29兵團已經幫你準備最好的人選，讓你們這種邪惡好好體會我們白色世界的正義。」

……確定人員？

我愣了一下。

糟！加上哈維恩，好死不死我們這桌還眞的剛好五個人！你們到底是故意挑這時機出現還是剛好啊，說一下讓我去買樂透吧。

正要反駁對方時，我手邊突然一熱，抬起手看見右手手背上出現了29兵團的圖案，千冬歲他們也是。

「走！」蓋完章後，不曉得爲什麼要來一群人的29兵團逕自轉頭離開餐廳。

但在轉頭那瞬間他們停下了腳步。

不知道什麼時候擋在他們去路上的萊恩兩側各插著把幻武大刀，然後慢慢綁起他的頭髮。

「敢污辱雪野、鳳凰、史凱爾……」說著，他看了我一眼，勾起淡淡的笑，「四大家族，萊恩．史凱爾讓你們今日踏不出餐廳大門。」

接著，29兵團的先發嗆聲隊被滅團了。

※

離開血淋淋的餐廳後，我有點抱歉地看著千冬歲。

從萊恩滅人團開始他就明顯有點不太高興，的確，剛剛他也沒說要參加……

「可惡，竟然擅自給我蓋上這種成員章，我今天跟我哥約好要吃飯啊！」千冬歲直接把手上的書給折成兩半，紙粉在空氣中優美地繞了圈然後飛走，「吃完飯後還要一起去看最新的電影，都被毀了。」

……原來是要跟夏碎學長吃飯啊，難怪剛剛要萊恩代表滅團！我究竟該不該道歉呢？

「千冬歲也可以不用去嘛。」喵喵面露天使般的純真笑容：「這東西可以弄掉呀，拿給別人就行了，不過喵喵想要去，好好玩的感覺。」

「啊？」千冬歲推了推眼鏡，「敵人都當面宣戰了，有可能放過他們嗎？而且明目張膽到在大庭廣眾下對我們所有人動手，不給點教訓怎麼行，對吧萊恩！」

「嗯。」萊恩飄出來點點頭，繼續啃他的飯糰又淡出人間。

真不是我要說，不只臉變成熟了，萊恩還抽高不少，現在看人都要抬頭有點麻煩。而且變這麼大隻怎麼還是如此不顯眼啊！到底怎麼做到如此與環境融合的？

還有，所謂教訓不是剛剛就在餐廳滅人家團了嗎？

「說起來，該弄掉成員章的應該是後面那位吧，這事和他比較沒關係。」千冬歲停下腳步，一邊把變成兩半的書黏回去，邊看著後頭的夜妖精。

……

我靠！你還在啊！

我猛地轉頭看著竟然還跟在我們身後的哈維恩，一聽到千冬歲要把他的成員章弄掉，哈維恩立刻露出如臨大敵的表情，而且還馬上把右手放到身後。

這什麼小孩子怕被搶糖果的反應啊，你英明威武的戰士形象呢！當初下手超狠的殘酷形象呢！找回來啊！

「我會準時六點到達。」估計怕我們真的消除他的成員章，哈維恩丟下這句、行了個禮，眨眼竟然就消失逃逸了。

……快點把你初登場時高傲凶殘又殺人不手軟的黑暗戰士形象找回來吧，求你了。看你這樣墮落，身爲肇事者之一的我有點良心痛。

「他想去就讓他去吧。」我也只能這樣回應千冬歲，「還有，很抱歉29兵團的事，又給你們添麻煩了。」

在沉默森林與旅途所發生的事，回到學校後我告訴了千冬歲等人，他們當然知道夜妖精侍奉妖師的事……我並不擔心千冬歲、喵喵與萊恩知道這件事後有何反應，就是非常相信他們；就像他們經常二話不說幫我一樣，如同現在。

他們大可不用牽扯進妖師這些事情。

千冬歲盯了我半晌，推推眼鏡，「啥麻煩，找碴的那些笨蛋是對著我們全部人找碴，又不是你的問題。推遲和我哥吃飯的這筆帳，我會好好地討回來。」說著，他露出要虐殺別人的魔王陰險臉。

「是啊，漾漾安心啦，喵喵最喜歡他們來找碴了。」喵喵露出超級天眞無邪的笑容，「蘇亞也超喜歡一直把他們踩進土裡再刨出來，很好玩的呦。」

別把貓王也帶壞啊喂！

「所以，讓我們一起去把他們滅團吧。」千冬歲直接下結論。

「嗯。」雖然我並不想滅別人團。

「啊，漾漾應該還沒去過右商店街吧。」喵喵拍了下手，說出我同時想到的事情。

的確，我只去過左商店街，記得當時學長不准我們去右商店街，現在回想好像也已經是很久以前的事情了……那時候學長說我們還太早。

「暑假時，喵喵和莉莉亞、奴勒麗已經去過囉，在那邊買了很多有趣的東西。」喵喵對我們比了個勝利手勢，「前兩天還給小西瓜買了很多好吃的。」

小西……咦？

「雷拉特的西瓜在妳這裡？」不對啊，我記得雷拉特應該有把西瓜拿走吧？

「不是原來那個。」喵喵搖搖頭，「繁殖出來很多，他送了一個給喵喵，現在還在成長期喔。」她比劃出個小小的圓形。

分開也不過才短短時間，遠望者是怎麼把那個西瓜給繁殖出來的？

「你看，就在這裡。」說著，喵喵從她的背包裡拿出個乒乓球大的綠色物體放在我手上。

我都還沒反應過來，手掌就傳來一陣劇痛，連慘叫都還來不及，血就這樣噴出來了。

站在旁邊的千冬歲用兩根手指捏住西瓜的後腦，從我手上拔起，「這種東西得抓住他的死穴才行。」

鬼才看得出來西瓜的死穴在哪裡啦！

被千冬歲捏住要害的西瓜還在朝空氣亂咬，被轉過來時，不知爲什麼停下了那個卡卡亂咬，而且還疑似變紅……喂，你們夠了，上一顆看見喵喵臉紅，下一顆看千冬歲臉紅，你們的性別要不要這麼好猜啊！

話說回來，西瓜娃娃是有性別的嗎？

完全沒被咬的千冬歲把懷著少女心的小西瓜還給喵喵，「下個月應該就會成熟了吧。」生長也太快速！

我看著那粒還試圖想撲上來咬我的瓜，深深覺得這種外貌協會的瓜不是好瓜。

「嗯，等喵喵繁殖出來再送你們。」把那粒瓜塞回背包裡，喵喵順勢幫我治好手掌的傷，「既然下午沒事，那就讓我們朝右商店街出發吧！喵喵知道好吃的店～」

「你們去吧，我要先去找我哥，六點在那裡碰面。」同學愛設定在六點發揮的千冬歲揮揮手，不打算現在陪我們去探路。

「哼哼，那我跟漾漾去。」喵喵勾住我的手臂，吐舌。

因爲喵喵的動作太自然了讓我有點嚇一跳，沒想到她會突然整個很親暱地靠到我身邊，可能是和奴勒麗她們出去玩時養成的習慣。

「你們自己小心點，右商店街有點危險，帶著漾漾不要太深入。」千冬歲有點半告誡地對著喵喵說道，然後才轉身離開。

隱約間我好像有看見飄浮萊恩跟著千冬歲一起消失。

對著千冬歲消失的地方扮鬼臉，喵喵才轉回看我。

「我們也去玩吧。」

第三話　右商店街

雖然已經入學一年多，但是我對右商店街其實沒什麼太大的印象。

頂多就是學長不准我們隨便跑去，還有五色雞頭在這裡買什麼東西爆炸之類的事。因爲學長特別交代過，所以我一直認爲右商店街是最好封印起來的地方，沒想到自己竟然莫名其妙就被人約在這裡決鬥，還和喵喵兩個人先跑來。

如果被學長知道，八成會被踹到牆上。

「放心放心，我們只在右商店街的外圍，不會進到深處。」喵喵可能看出來我怕在學長死者復活後被揍爛，豪邁地拍拍我的肩膀，「奴勒麗也說過只有喵喵自己不能亂走，所以在外圍兩條街就行了，那裡可以接到懸吊廣場。」

走到半途時，原本我以爲可能會看見的是很類似左商店街那種大拍賣的熱鬧混亂場景，但一路走來意外地都沒聽到什麼聲響，一直到我看見建築物後才發現不知不覺已經跟著喵喵到達右商店街了。

與左商店街的個性建築不同，這邊的建築似乎採西方樣式，首先看見的幾棟房舍就有點類似黑館那種樣子，不過比較新穎些，但深入街道的其他屋舍年代似乎開始顯得久遠，隱約看得出各種年代感。

右商店街比我想像的還要安靜，在入口處一眼望去完全靜悄悄的，即使路上有人，也有看見營業著的各種店面、攤位，卻沒太多聲音……雖然很想說這裡很陰沉、可能隨時會有鬼爆出來的感覺，但這些建築和商家又意外地很明亮高檔，街道寬敞且乾淨，活像什麼精品街似的，也沒看見什麼做黑的那種詭異感，甚至在街上走動的顧客看起來還有些高級。

……高級到我覺得我好像看見尼羅。

顯然也看見我們的管家快步迎上來。

「沒想到會在這邊見到兩位。」尼羅走到適當的距離停住腳步，淡淡地勾起唇向我們打了個招呼，「除了袍級外，大學以下的學生很少會來右商店街。」

喵喵也優雅地回了禮，「喵喵是帶漾漾來看決鬥場，順便在外面逛逛。」

「29兵團的事情我也聽說了，如果不介意，或許在赴約前我可以邀請兩位到我所熟識的店家。」尼羅維持著合宜的語調說道：「兩位會很喜歡那邊特有的下午茶。」

雖然尼羅沒說破，但我自己也有底，他估計是不想讓我們在這邊亂晃。

「喵喵想帶……」

喵喵的話還沒說完，我們身後突然有個黑玻璃的店家發出巨響，接著疑似木乃伊的東西撞破了黑玻璃門，重力加速度砰的聲直直插在地磚上。幾秒後破爛了一半的門被推開，從裡面走出另外一個木乃伊。

木乃伊在發現我們這些路人後，用皺皺的臉朝我們詭異一笑，接著抓住插在地磚上的同伴，用力一拔，然後拖回店裡，還順勢把已經快脫框的門關回去。

看著滿地殘骸，我當機立斷轉向尼羅，「請帶我們去吃下午茶吧。」

這裡是夠安靜漂亮，但是隱藏的危機貌似比海溝還深啊。

我現在突然開始覺得這些看起來很正常的街道都飄浮著陰險的暗黑鬼火了。

尼羅沒多說什麼，就領著我們沿著磚道走一段；沿途經過的商家店面都看不太到裡面，似乎被有意隔絕外來的窺探，只能從外頭的招牌判斷大概是怎樣的店家。相較於店家，攤販就比較容易看見販賣物，不過有些和左商店街差不多，不算太有新鮮感。

「如果沒有人介紹，恐怕你們會很難買到眞正需要的東西。」留意到我好奇左右觀看的視線，尼羅說道：「外圍商店較多一般學生適用的物品，也與左商店街有所重複，並沒有特別須要採購的必要。再繼續往深處走，就必須對店家有所了解才行。」

他的意思我懂，就是有門路，老闆才會賣，不然就會被老闆放狗還是放地獄犬咬人之類的，我完全懂。

「不過，等你們升上大學後，就必定得來這邊尋找些特殊的物品……這裡比左商店街容易找到罕見的物品，有些特殊課程的上課用品也只有這裡能夠訂到。」顯然很常幫他家主人採購的尼羅用熟門熟路的語氣對我們說著：「屆時若有榮幸，我可以替兩位介紹所需店家，否則可能會有些危險。」

有點感動地看著尼羅，我還是很羨慕伯爵有如此好的管家，雖然我請不起。

約十分鐘後，尼羅在一家看來有點中世紀風格的大屋前停下，而掛著一把不明乾草的建築前則是一個圓形大廣場，同樣是石磚地，中心有座古樸的石雕噴水池，附近街道的房舍與店家就圍繞著這座大廣場而建，風吹來隱約還有烤麵包香。

這種很像電影場景的古老街道再度讓我有種時空錯置感，看著覺得超適合伯爵晚上在這裡咬人的。

「這裡就是懸吊廣場。」尼羅邊說著，邊敲敲乾草屋的門，很快地便有人來應門，是一名穿著正裝的青年，不知爲何眼睛上綁著布條，只露出下半臉。

「歡迎……嗯？眞稀奇，第一次看見你帶朋友呢。」似乎與尼羅很熟的棕髮青年語氣從禮貌變得有點訝異。

「是熟識的學生，想請他們嚐嚐兩位的手藝。」

尼羅果然和這家店很熟，寒暄了幾句話後，那名店員就讓我們進門了。

就在踏進店門的瞬間，一股讓人相當舒服的草香氣息混合著淡淡的香甜味撲面而來，接著我看見那名店員的頭上竟然出現一對……羊角吧？看起來很像山羊角，稍微有點彎曲。

……惡魔的店嗎。

爲什麼我一點都不驚訝呢？我竟然已經完全不驚訝惡魔開甜品店，快修正一下啊我的人類心靈！

好吧，總之疑似惡魔的店員有一對羊角，弧度和顏色很漂亮，但是左邊的角似乎受傷過，裂了一塊。

「普列爾正好出去，否則他會很高興你來拜訪，平常你都很忙呢。」青年邊領著我們經過一樓木造裝飾、很有古老歐洲味道的店內，邊與尼羅交談。

落在後頭的我和喵喵則自行打量起店內，進門後完全沒看見半個客人，頗有年代的木桌椅是空著的，旁側則是老舊木櫃木架等等的家具陳設，上頭擺放了不少裝飾品，例如手縫布偶、音樂盒、看起來好像有鬼的古老照片……等等各種歷史物。從窗戶可以清楚看見外頭的街道，不過剛剛在外面卻看不見裡面，估計這邊的商店街都是這種設計吧。

踏上二樓後，這邊的陳設很明顯是特別座席，雖然空間很大，家具也漂亮細緻了不少，但僅僅擺設一套桌椅，敞開的陽台外隨意地放置兩張木搖椅與些許花草；合理地猜想這裡八成是老闆專用的私人好友空間，不對外開放。

爲我們送上花草茶後，青年才離開去準備食物。

轉過頭，正想和喵喵聊一下待會兒可能會吃到什麼時，我才發現從頭到尾很反常、幾乎沒講話的喵喵緊握著拳頭，神色有點激動。

「呃，有問題嗎？」該不會這裡的惡魔是仇人之類的吧？

「沒想到竟然進來了……」喵喵頓了頓，表情開始轉成感動，眼角還有點可疑的小閃光，「這家店超級有名，喵喵想進來很久了啊！」

「很有名？」剛剛也沒看見客人，我有點疑惑地轉向尼羅，後者也是一臉莫名……算了，他是老闆的朋友，八成想進就進，看他不準。

「嗯嗯，要預約才能進來的，可惜喵喵太晚出生……太好了，眞是讓人感動。」喵喵捧著臉，已經開始小花滿天飛地用看著神物一般的眼神盯著花草茶看。

太晚出生是怎樣？

「很難預約嗎？」最慘就是排個半年吧？我是聽過知名團購什麼的要排一年啦，但眞心說，如果餐廳預約要預約一年，我寧願投降。

「很好預約啊，只是要等很久。」喵喵恭恭敬敬地捧起杯子，告訴我：「預約單已經排到一百年後了。」

……

………

給我活在正常時間觀裡面啊你們這些傢伙！

※

青年再度出現時，我們已經等了約三十分鐘左右。

「久等了，臨時做特別調配，稍微耽擱點時間。」青年端上幾碟看來很古樸樣式的小點心，按照順序仔細排列在每個人面前後，才在另一邊的空位坐下，也給自己倒了杯花草茶。

果然和我猜的沒錯，這裡是私人空間，所以青年用的是比較像招呼朋友的輕鬆模式。

「感謝您的招待，我爲米可蕥，鳳凰古族。」喵喵站起身，十分有禮地朝對方自我介紹。

我也連忙跟著站起，「褚冥漾，呃……」應該說自己是妖師一族嗎？

「我知道您的難言之處，請不用勉強。」青年人很好地微笑，接著也對我們回禮：「摩利爾。初次見面，我是此店的副店主，另外一位是店長普列爾，很遺憾目前他外出，無法認識兩位友善的朋友。」

再度行禮後，我們便各自坐回原位。

從感動回神後，喵喵的話也開始多了起來，捧著花草茶興致勃勃地幫我做起簡介：「普列爾和摩利爾在點心界超、有名的！如果不是因爲尼羅，喵喵完全沒想到自己可以坐在這裡面耶，還以爲要等一百年。」

所以妳眞的有預約啊！

「一百年到底……？」是有多好吃可以讓人眞的排一百年啊？我看著桌上不太起眼的點心，稍微有點疑惑。這世界的食物我知道都不能只看外表，但排一百年貌似有點誇張，讓我有點不太敢吃這些東西了。

不過仔細一看，我們三個人桌上盤內的小點心都長得不太一樣，副店主似乎爲我們準備了全然不同的口味。

「是因爲原料與做法的關係。」尼羅輕輕拿起花草茶茶壺，讓我看見裡頭像是跳舞般正在飄動的花花葉葉，「山王莊使用的原料都極爲罕見，普列爾是很挑剔的採集師，而摩利爾是數一數二的藥草調配師，兩位店主能視客人體質變化調配，替不少人治癒了舊疾。雖然在原世界也有他們族人的店，但遠不及山王莊。」

「醫療班有請他們技術指導喔。」喵喵很慎重地告訴我：「有些醫療班專用的點心都是山王莊協助製作配方給我們使用的。」

……這年頭醫療班已經請惡魔開藥單了啊。該不會哪天我眞的能聽見連鬼都有幫忙開吧！

不過我的確在醫療班裡見過很多帶著治療性的食物和飲料，有些是妖精或精靈提供，原來也有類似這樣請託店家合作的模式。

「按照顧客預約的需求與體質，有些原料需要等很久，例如百年才開一次的花朵。」摩利爾補充道：「這也是沒辦法的事，普列爾不喜歡使用劣等原料。」

原來是因爲要等材料的關係，我還以爲眞的得排一百年這麼見鬼。

「不過等待人數爆滿到一百年也是無誤的事。」摩利爾有點無奈地笑，「綜合各種因素，我們一天最多只能招待三組客人，不知不覺預約單就和捲筒衛生紙一樣長了。」

收回前言，願意排一百年的人眞的見鬼，還有別把客人名單和捲筒衛生紙放在一起講。

那個見鬼又被列進衛生紙裡的喵喵心滿意足地吃起了她面前的小甜點。

正想拿起花草茶先試試味道時，桌前一盤粉色小點心被推動到我杯前，抬起頭，正好與摩利爾的臉相對。

「這是為了你調配的。」

不知為何，總覺得他的聲音裡帶了點無法抗拒的意味，我乖乖拿起小圓糕餅放入嘴巴。

剛入口時真的沒特別感覺，就和這世界裡其他點心一樣很好吃，入口即化還帶著淡淡清香那種罐頭稱讚語用三輪，但過了幾秒，我猛地覺得身體好像哪裡變得比較輕鬆，腦袋也跟著清晰不少，最近時常想睡的淺暈感完全退去不見。

摩利爾伸出手，突然按住我的左手腕，貌似把脈什麼的，偏著頭很仔細地壓捏半晌，才收回手：「比我想像的嚴重呢。」

什麼嚴重？

一口餅卡在嘴裡，我沒立即反應過來對方的話，因為身為醫療班的喵喵在身邊，學校裡也都會遇到輔長他們，所以我沒料到摩利爾會突然蹦出這種好像得到什麼不治之症的話。

喵喵也愣了下，放下茶杯。

「你的身體接觸過古代大術，因此造成影響，這不是立即能處理的問題；在學院中有各種守護較無顧慮。我建議你短期內別再離開學院與周邊範圍，讓校內醫療班循序漸進替你調整好，再出來。」摩利爾語帶誠懇地繼續開口：「你的身體與能力還不足以接受這些影響，累積的負擔會引起不好的反饋侵蝕。」

沒想到對方居然看出回收陰影那個陣法的問題，讓我驚得連自體吐槽都吐不出來。

「漾漾……」同樣知道這件事的喵喵有些遲疑。

「我知道，你們放心。」沒想到摩利爾會擔心我這種初次見面的人，我打從心底感激，只好祝福他們預約單排到兩百年。

摩利爾點點頭，又說了幾句如果真的感覺不行，請尼羅盡快與他聯繫，他會過去幫忙之類的話語，讓我和喵喵兩人感動到爆炸。

診斷時間過後，我就對著那盤小圓餅死命地啃，喵喵徹底和摩利爾聊開了。

※

「原來你們是來赴決鬥約。」

一路聊到29兵團的事情後，摩利爾看來有些恍然大悟，「我正奇怪這裡很少有你們這樣的學生出入，更別說是尼羅帶著。」

「嗯，六點，就在旁邊的廣場！」喵喵用力點頭，接著抬起手秀一下成員章。這動作讓我起了疑惑，因爲我還以爲這位惡魔店主眼睛不方便，畢竟遮綁住，也沒必要給對方看成員章才對。

等等，話說回來，他眼睛不方便還可以精準地調配？

「我的眼睛並沒有問題。」摩利爾察覺我正盯著他臉部看，轉過來笑笑地說：「臉上這是裝飾用的。」

有人這樣裝飾的嗎……

「帶子其實不妨礙視物。」摩利爾說著，拆下了那條裝飾帶。

等他重新張開眼睛時，出現在那雙眼睛裡的是橫向的瞳孔……我知道了！原來店主不是惡魔啊，被這世界打臉太多次，看到那雙角害我直接往比較誇張的那方面思考。

「山羊？」原來是山羊人嗎！

「是的，因爲有些初來的客人比較不適應，所以會這樣遮起來。」摩利爾幫我解開疑惑，「普列爾也是同族，野生的。」

爲什麼要強調野生！難道山羊界有分野性派嗎？

不過說起來，橫瞳孔的眼睛剛看的確有點不適應，如果兩個店主都這樣盯著客人……好吧，憑良心講，我也會覺得怪怪的。

只是如果我沒搞錯，這世界好像有很多法術可以改變樣子、包括眼睛吧？怎麼山羊寧願綁布條也不想用法術改？

「喵喵覺得你們的眼睛超漂亮的。」很崇拜藥術山羊組的喵喵完全不害羞，直直盯著人家的臉看。

摩利爾微笑了下，倒沒再把帶子綁回去，話題也重新回到剛才說到的廣場決鬥上。

「如果不是決鬥，你們平日倒是可逛逛外圍兩街，雖然外區販售的物品大部分與左商店街重複，不過懸吊廣場經常有些活動是左商店街見不到的，例如燒女巫就是這裡的表演賣點喔。」突然轉換成觀光推銷模式的摩利爾以完全不對的輕鬆語氣告訴我們很可怕的事，「每個月都會舉行一次，能看見世界各地的女巫，燒不同屬性女巫也會有不同效果。」

燒女巫是常態嗎！

不對啊！別歧視女巫人權，女巫不是用來燒的啊啊啊啊啊——

「上個月有幸見到克塔因斯的權女巫，已經數百年不見她們活動蹤跡了。」竟然跟著加入討論的尼羅露出有些幸運的表情，「最後一次出現，果然是剷除異教徒那個年代吧。」

「是的，當時權女巫們為那場異端爭戰做記錄，尼科波利斯的事情過後，因為預見接下來的黑暗污名年代，不想攪和進去的權女巫們便大量退出歷史，隱居了起來。」摩利爾有些可惜地說道：「難得上個月能燒到如此具有代表性的權女巫。」

「咦？好棒喔，喵喵也想看。」

聽著他們好像真的在討論什麼有趣的觀光活動，讓我開始有點抖，燒女巫都說得這麼理所當然，該不會哪一天要燒妖師吧……

「權女巫似乎對於主辦單位使用的高級柴薪很滿意，已經預約明年的月圓日再來，屆時你們可以注意相關活動消息。」摩利爾這樣告訴喵喵。

咦？

「明年？」我愣愣地看著羊店主。

摩利爾很盡責地向我介紹商店街的熱門活動，「是的，這活動也很受到女巫們的歡迎，既可帶來觀光收益與販售物品，也可定期燒除全身老廢角質、美化肌膚，這幾年主辦單位還蒐集了各地不同的木柴與配方，一邊燒除角質一邊同時兼做全身美容，燒女巫的名單已經排到大後年去了呢。」

「……」

把我的同情心還來。

燒女巫是在燒老廢角質是怎樣啊啊啊啊啊！

「討厭啦漾漾，真正的女巫是燒不死的喔。」喵喵露出天使微笑，還拍了我一下，「那種程度的火焰對女巫來說很舒服的，常常有女巫定期去被燒呢。」

「過往年代，爲了安撫民心，有些原世界的國王和女巫簽訂條件，表演燒女巫給人民看，常常參加的女巫皮膚很白嫩喔。」摩利爾繼續說著完全有問題的話，「不過交換條件是保護那些受到迫害的女子，讓她們自檯面下悄悄轉向外地重新生活。」

原來還是美容兼做善事嗎！

「……該不會除了燒女巫，還有釘吸血鬼或狼人這種活動吧。」糟糕，我竟然開始和這種思考模式同步了。

「沒錯，看來學校還是有宣傳的嘛。」

山羊副店主的回答讓我瞬間覺得自己哀傷了，深深地感覺到被不明物體同化的衝擊。

我按著額頭，決定不要再讓自己想下去，以免所剩不多的人類之心消失殆盡。「所以會叫懸吊廣場是因爲這些活動……？」

「不不，單純只是之前建立時，有人在廣場釘棚架不小心腳一滑，把自己吊在棚架下面得名。」摩利爾說道：「那位就是初代右商店街街長。」

你們夠了。

不過街長估計沒死成，依照我的了解，這裡的人絕對不可能隨隨便便把自己掛脖子就翹辮子。

我喝了口花草茶，決定從現在開始，不管聽到什麼都不要再大驚小怪了。

「話說回來，對於29兵團，我奉勸兩位還是小心謹愼爲佳。」

終於開始講正經話的副店主語氣一轉，說道：「近幾日我們從客人口中聽聞29兵團似乎招收了一些流寇，敢大肆在右商店街發起挑戰，可能實力上有所增進。」

流寇？

千冬歲應該有這個情報吧？看他剛剛沒太在意，估計可能還是不太強。而且我們這邊還有個哈維恩，搞不好光他就可以殺遍敵手。

不過比起哈維恩，現在比較讓我頭痛的是黎沚和好補學弟、五色雞頭的事情，他們三個如果知道我成員都被決定好了，不知道會哇哇叫到什麼程度，尤其是五色雞頭……船到橋頭自然直好了，現階段別想太多對心靈比較健康。

「我聽主人說最近右商店街連往其他區域的通道周圍也出現不少流寇。」坐在一邊的尼羅想了想，繼續開口：「黑袍有幾件驅逐任務。」

「這附近有一條能夠接往綠海灣的商道，先前綠海灣出了海盜團，應該是從那裡闖關流竄出來的。因爲我們這一帶有妖師的傳聞，引起很多黑暗勢力的窺探。」說著，摩利爾再度看了我一眼，「左右商店街都有這些探子，校內可能也會有。」

我想校內百分之百是有，那些一天到晚想找妖師一起搶銀行的師長根本就是活生生的黑暗勢力。

校外就不意外了，畢竟陰影鬧得不小，到現在還沒人直接找上學校反而讓我比較疑惑。還是其實有找上，只是被種掉？

……糟糕。

「抱歉，我去外面透氣一下。」

向幾個人打了招呼，我離開座位，走到有搖椅的陽台外。

總覺得胸口還是有點悶悶的。

這些貪圖黑暗力量的人，眞的很煩。

※

下午茶結束後，尼羅說還有些事務先行離開。

和喵喵已經熟到一個點的摩利爾拉著她，兩人很樂地跑去廚房和貯藏室看那些罕見花草，我直接被晾在二樓自己打發時間。

原本是打算利用時間做點作業，翻開課本才畫了幾個陣法圖，就開始覺得有些睏。與之前那種暈沉沉的感覺不一樣，就是單純天氣好、剛吃飽，懶洋洋地想打個瞌睡。因爲剛吃過草藥點心，身體還滿舒服的，我就不排斥那種感覺，乾脆人一趴、直接在桌上小睡。

山王莊二樓相當安靜，似乎有不少隔離吵雜的術法，這樣閉上眼睛，只聽見微風吹動陽台風鈴的聲音，然後淡淡的草香氣交織成難以形容的舒適氣味。

隱隱約約，似乎能在淺淺的夢境中看見那幅景象。

從旅程回來後，我經常作一個微妙的夢，有著海浪帶著白沫拍上海灘的畫面，浪潮的聲音，鹹鹹的海風，還有某種歌謠。

但每次清醒後，那個夢就會被我忘得一乾二淨，只留下海邊的印象……

不過說眞的，完全忘記內容還是比被宿舍裡的東西惡搞好一點。

住在黑館裡雖然因爲各種因素不會遭到肉體上的攻擊，但偶爾還是會有東西順著窗戶飄進來，一路飄到夢裡去，接著就會出現要不得的精神襲擊——大多都是無關痛癢的小惡作劇之類的怪夢，所以也不能把對方掐掉。

香草的氣味淡去，海風的氣味再度傳來。

風鈴聲也不知道在何時被浪潮聲取代。

一點也不意外地，又是這樣的夢。

我站在陌生的奇異甲板上，沉色不知名的甲板木料有著一點一點的淡銀光芒。

四周是整片暗藍色的霧氣。

從黑色的海域中傳來飄渺的嗓音——

迷惘　迷惘的旅人

撥開霧簾　尋找路線

聽見這歌聲　就隨我來

如果不吝獻出你的吻，就能在霧裡得到永遠盼顧……
如果不吝獻出你的身，就能在海中得到永遠擁抱……
如果不吝獻出你的心，就能在深海得到永遠之愛……

迷惘的旅人呦……

那些霧氣緩緩地開始散開。

然後我看見了……

夢境就在這裡結束。

我猛地睜開眼睛，所有聲音、氣味都退去了。

陽台上的風鈴依舊輕輕響著，香草的味道還繚繞在室內。

短暫的夢像是耍人般在零點一秒的瞬間又整個消散。

老實說，即使我腦殘我也可以猜到這個夢境肯定有什麼意味，畢竟前面經歷過那麼多教訓了，不過如果眞的想提示啥，就給我清楚演示啊喂！

沒頭沒尾的是要人家怎麼辦！

你們這些愛託夢的東西以爲全世界都是會通靈的猜謎高手嗎！

下意識看了眼時間，差不多了，站起身收拾桌面作業時，正好摩利爾也回到樓梯口。

「外面好像已經聚集不少人了。」從窗戶看出去，我看到廣場出現了大群民眾，還有很多我們學校的學生，看來不管是左或右商店街，只要有事一定會被圍觀湊熱鬧是改不了的可惡定律……別給我賣香腸！爲啥裡面會有賣香腸的攤位啊！

看見流動攤販出現在人潮裡還飄出可疑的熟悉香味，我就莫名有點拳頭癢。

「漾漾、漾漾你看。」

猛一回頭，我看到喵喵從摩利爾身後跳出來，身上穿的已經不是剛才的制服了，是一套有點可愛的粉白色小洋裝。

「戰鬥服！」喵喵豎起兩根手指，比了個超可愛的手勢。

你們醫療班的戰鬥服不是藍袍嗎……

「純羊毛，現在買有八五折優惠，附傷害減少十分之一功能。」摩利爾拿出另一件白色大衣，當下朝我推銷了，「限時特惠，友情附贈紅藥水一瓶，場上隨開隨用，被打趴還有第二次機會，如果需要購買，一打再加送一瓶。」

紅藥水你個蛋！

賣什麼實體紅藥水！

讓我培養一點決鬥前的緊張氣氛行不行啊你們！

等等，純羊毛是產自你們身上嗎？

爲什麼我要穿著公羊自己剃毛做成的戰鬥服去決鬥啊，怎麼好像哪裡不對勁！這什麼自產自銷的產業我不懂。

「我先下去，說不定其他人也到了。」收好背包，我有點眼神死地說道。

推銷不成的摩利爾只好遺憾地把戰鬥服給收回去。

踏出山王莊時，廣場外圍已經擠滿人，比在樓上看到的還要多，不知道從哪來的各種奇怪外型種族塞滿到街道外去，還相當熱鬧地彼此閒聊，附近的建築物門窗也都打開了，裡面同樣擠滿了圍觀民眾，連屋頂上都有。

「聽說這場決鬥會有傳說中的妖師出現。」

「據說就是因爲怨恨被當作觀光景點，因此造成契里亞城元氣大傷還賠大錢那批妖師喔，沒想到傳聞是眞的，他們就藏身在附近。」

「聽說那些妖師好像襲擊公會高階祕密任務隊伍、搶幻獸不成，已經遷怒攻擊了一些黑袍，如果不是被無殿三位鎮壓，可能已經征服世界了。」

「對對對，聽說他們還去搶了很多銀行要當作反攻世界的基金呢！」

並沒有搶銀行！

擠過那些閒雜人等，我聽到的妖師傳聞等級也越來越離譜，到最後還出現什麼近年來隕石就是妖師弄掉下來的、妖師放火燒了水妖精聖地作為開戰前祭巴拉巴拉的……連放火燒聖地的帳也算到我頭上是怎樣！那明明就是其他人燒的啊！

如果眞可以把隕石弄下來，第一個先砸的就是你們這些三姑六婆、三叔六公。

搶幻獸是怎樣！那匹色馬就算送我我也不要好嗎。

好不容易擠到中央被空出來的區域時，我看見一座木台架出現在場內，台架兩邊有一些29兵團的人。

抬頭順著木架向上看，我的青筋也差不多在同時爆出來。

——之前在那邊吵鬧說要當隊友的黎沚和好補的學弟被捆得像兩隻蓑衣蟲一樣，吊在上頭晃來晃去，臉上擺明寫著「我們是人質」這幾個大字。

我打從內心誠懇地覺得你們眞是活生生的豬隊友。

好補的學弟就算了，黎沚你是被綑上去身體健康的嗎！

正想乾脆送他們一人一槍時，好補的學弟就眼尖發現我的存在了，伴隨著彈跳的欣喜之音直接從高處傳過來：「學長——！」

那瞬間我眞想否認我認識他……

隨著學弟的呼喊，四周有些人跟著把視線轉向我這邊。硬著頭皮無視那些打探的目光，我冷冷看著上面那兩隻蓑衣蟲：「爲什麼你們會在那邊？」

「啊哈哈，我們本來在黑館前面玩沙，結果被一棒敲昏了。」和平常一樣穿著便服的黎沚一臉無辜地眨眨眼睛，「想想好像也很久沒當人質，大概幾百年有吧，有點懷念。」

你們兩個給我手牽手去吃沙吧。

不過話說回來，雖然穿著便服，但是29兵團的人不知道黎沚是黑袍老師嗎？竟然直接給他一棒下去，還是在黑館前，難道他們眞以爲是兩個學生吃飽撐著在那裡玩沙？

這也不是不可能，以他們都不曉得黎沚的長相爲前提，他們認得好補的學弟，可能就把黎沚誤當成一樣和我認識的學生了吧，畢竟黎沚也是近期才開始重新開課，平常似乎很少在校內走動，還經常封鎖自己的力量感裝普通百姓，如果沒有選課或是穿著袍服，不知道他貌似也不是什麼怪事。

但我還是很難接受這兩個豬頭被綑在那邊，尤其學弟還滿臉期待我去英雄救美……救參。人生的報應眞的只有晚到，沒有不到，才過一年我就活生生體驗了各式各樣的現世報，接著發現學長其實沒我一直以爲的暴躁，原來他很多時候是被我激怒的……

因爲我現在也想揍學弟，揍得他劈里啪啦響，眞的。

正在天人交戰要不要把人質一起槍殺掉時，我身邊繞出了陣法，下一秒哈維恩就出現在旁側。也幾乎同時，千冬歲從另一端的陣法內走出，喵喵也準點到場。

所有人在六點時進入了懸吊廣場。

先前被滅團的嗆聲隊出現在掛著蓑衣蟲的木架前，看來他們也花了一番工夫把自己拼回去，趕在準點赴約。

跳過被滅團的那些成員，我比較在意他們後頭的其他成員，有好幾名穿斗篷、沒露出眞面目的。

「29兵團似乎臨時擴編不少成員。」並沒有著袍服，僅穿著便服的千冬歲掃過其他人，冷笑了聲：「下午情報班刷新了訊息，他們短短兩天內擴充到二十七名成員，八成就是那些要對付我們的打手。」

也就是比原先多出十個人？

「哼哼，難怪敢對我們發挑戰。」喵喵跟著冷笑，接著轉過頭，拉著千冬歲，「你看你看，戰鬥服~」

炫耀戰鬥服比敵方出現幫手還重要嗎！

「即使擴編成員，我也有自信能對付他們。」站在我身側的哈維恩微微瞇起眼睛，一一掃過29兵團的人員，大有想要通殺全場的打算。

「如果我們有隊服就好了，喵喵想要同色系的。」根本沒有在想決鬥事情的喵喵很惋惜服裝不統一，「中式的設計也不錯呢……」

「我請我哥稍等一下，應該可以趕上重新預定的晚餐時間吧，難得他最近願意聊家族的事情。」已經走神到夏碎學長那邊的千冬歲整個人放空，開始喃喃自語起某些我聽不懂的名稱。

「學長學長~~」好補的學弟還在那邊彈，旁邊的黎沚居然也跟著開始在那裡晃來晃去。附近的圍觀民眾已經開始吃香腸了。

嗯，正經看待這場決鬥是我的錯。

第四話　傳遞邀請

六點。

當秒針走到整點時，一道雄壯威武的聲音透過廣播，從四面八方傳來：「右商店街懸吊廣場生死決鬥賽正式開始。」

此聲一出，震撼全場，場內好半晌安靜無聲，連烤香腸的都把滋滋聲消音了，過了有一會兒才又恢復剛才的熱鬧。

果然這邊也照慣例自帶大會廣播。

我環顧了下現場，並沒看見播報員，也不知道右商店街的播報員長什麼樣子，但聽聲音估計是很粗勇的漢子之類的。

迴盪在場內的聲響停止後，29兵團那邊踏出五名穿著斗篷的人，接著四人退回去，只留下一個。

「你們看起來少了一名成員，應該不是臨時脫逃吧。」留下來的斗篷人帶著輕蔑的語氣，很看不起我們這邊，「就說……」

斗篷人的話還沒說完、甚至連斗篷都還沒脫下，突然就整個人往前撲倒。

站在他後面的萊恩甩去刀上的血珠。

「這麼明顯的成員都看不到，看來也用不到我們其他人出手啊。」千冬歲複製類似的語氣還給對方。

是說對手真的死冤了，我也是用猜的，猜千冬歲來，萊恩應該也已經到場才對，沒想到萊恩根本上戰場了啊！

抓住被捅倒在地的對手右腳，萊恩輕輕鬆鬆直接把人拋回他們的隊伍中，「下一個。」

「萊恩自己沒問題吧？」雖然他們有能力滅團，但我還是對擴編的人員有疑慮，正想問問千冬歲他們的意見時，一轉頭就看見他和喵喵竟然正在吃烤香腸……別把香腸賣到場中央啊流動攤販！

「請慢用。」哈維恩恭恭敬敬地把香腸遞給我。

我現在應該感動有人幫我買一份還怎樣嗎？

「萊恩沒問題啦。」千冬歲嚼著香腸，抬起左手，上面有個小布袋，「我可是靠關係才弄到的好料。」

……飯糰嗎。

這鞭子與糖果的場景究竟是……？

接過香腸，我用力咬香腸洩憤。不得不說，香腸莫名很好吃，Q彈Q彈的很有肉香味，糟糕我想續根了。

就在我們這邊隊員都瀰漫著烤香腸香時，29兵團的第二名成員進入場中心。這次萊恩給了他脫斗篷的機會，褪去身上灰黑色的斗篷後，出現的果然是校外人士，看起來應該是獸王族的青年兩手已經呈現野獸爪子的型態，我隱約感覺對方身上有股奇怪卻又莫名有點熟悉的氣流。

「漾漾，準備好你的兵器。」拍了下我的肩膀，還咬著半根香腸的千冬歲低聲說道。

「？」雖然疑惑，不過我點點頭，讓米納斯準備隨時幻型。

就在場上獸王族移動腳步同時，萊恩也瞬間消失在場上，下一秒我聽見頭頂上出現某種兵器碰撞的聲響。

翻身回到我們隊伍正上方的萊恩甩開襲擊我們的29兵團成員，穩穩地落在我前面。

幾乎同瞬間，哈維恩與喵喵的位置都傳來兵器碰撞的鏘然阻止聲響；用短刀擋下偷襲的哈維恩一腳踹在斗篷人腹部，將人反向踢飛出去。

也對，規則並沒有寫這是一對一的比賽啊。

站在我身邊的千冬歲一箭射翻台上的獸王族。仔細一看，那個獸王族身上被插滿很多細細小小的竹籤而不是箭……原來烤香腸的竹籤也可以拿來射嗎！等等你們什麼時候吃掉那麼多香腸，那些竹籤起碼有十幾支啊！

「漾漾，穿好喔。」已經把敵人打趴在地的喵喵轉過身，笑容可掬地拿出羊毛大衣往我身上套，還將連衣兜帽拉上來蓋住我的腦袋。

原來妳還是買了戰鬥服嗎？

我愣愣地看著身上公羊牌大衣。

「我就奇怪，校內敢挑戰我們的笨蛋已經不多了，你們眞正目的也不是決鬥吧。」千冬歲推了推眼鏡，和萊恩一起站到我們前面，順勢把我擋住，「露出你們的眞面目，別耽誤我吃飯時間。」

我們學校那些被滅團過的成員聽了千冬歲的話，每個都露出有些狐疑的表情，看向首領與第二高傲的學生。

「喬倫泰，不是說好只是要當眾給他們個教訓，讓他們出醜而已嗎？」其中一名國中生這樣問道。

原來只是要給個教訓啊，你們的起點還眞善良，跟我們這邊從頭到尾都想滅團的魔王群一比，眞是和善到不行，早知道就不滅你們團了。

那名叫作喬倫泰的第二高傲學生皺起眉，看向那九名擴編的斗篷人，「雪野家的人說的是什麼意思？」

陡然變得險惡的氣氛讓周圍看熱鬧的民眾收起熱鬧交談聲，四周瞬間寂靜下來，只剩下烤香腸還有不知道在烤什麼的聲音滋滋作響。

「你們身上的味道有夠臭的。」千冬歲冷哼了聲。

場內獸王族搖搖晃晃地站起身，抽起身上的竹籤捏成碎粉，接著露出一抹詭異的笑，剛才我感覺到的詭異氣流瞬間暴漲出來……我靠！

「鬼族！」哈維恩發出低吼。

扣掉一開始被萊恩砍掉的傢伙，那些臨時加入的擴編成員紛紛將還沒揭開的斗篷全都脫掉，外型大多是獸王族與不知名的妖精，散發出各種扭曲感。

斗篷隊一發出鬼族氣息後，29兵團的人全部臉色大變，瞬間退開好一段距離。

周圍的圍觀者效率超好地很快一哄而散，懸吊廣場短短不到一分鐘內完全淨空，還附帶張開了層層結界與封鎖，確保鬼族不會從這個廣場逃出去。

這下子連第二高傲的學生也高傲不起來了，與其他成員一樣慌慌張張地看向他們的首領。

「門諾，你不是說他們只是幫手？」第二高傲學生看著從頭到尾都沒開什麼口的友人，

「這些鬼族——」

並沒有回答第二高傲學生的話，29兵團的首領就這樣白眼一翻，倒地了。

※

「他被鬼族控制了。」

喵喵看著29兵團那邊的騷動，說道：「不過還好沒有變鬼族，只是沾染上不好的詛咒，送回醫療班能夠很快清除乾淨。」

我鬆了口氣，幸好我們學校的學生沒事。

不過這些兵團的笨學生是怎樣，難道眞的就是想給我們一點教訓又知道自己會被滅團，才找亂七八糟的人來當打手嗎？

別比我腦殘啊！

說到腦殘，我覺得我好像忘記什麼事來著……

「學長……救命啊……」

好補學弟驚恐的聲音再度從上面傳來。

我面無表情地抬起頭，看見掛在一群鬼族正上方的學弟露出快哭的表情，旁邊的黎沚居然在打瞌睡。

也就是說，這些鬼族不難對付。

「歲，可以了。」萊恩收下手機，綁起頭髮。

「正式成爲公會任務了吧。」與搭檔同時甩出一白一紅的袍服，千冬歲從空氣中取出他的面具，緩緩戴到臉上，「鬼族清除任務，確保右商店街懸吊廣場。」

「加油！」不知何時穿上藍袍的喵喵抱住我的手臂，笑嘻嘻地將我拉著向後退開。

「哈維恩……」正想讓渴求任務的夜妖精上前幫忙時，背對我們的千冬歲微微回過頭，搖搖手指。我也只好改口：「別妨礙他們。」

哈維恩原本很期待的表情瞬間凝固，然後默默地退開。

轉變爲袍級任務模式的萊恩與千冬歲瞬間消失了身影，再出現時已切開兩名鬼族的頭顱。

他們的身手似乎比剛入學、我初認識他們時更精進不少。

見狀況不對，剩餘的鬼族立即聚集在一起，某種怪異的黃黑色濃稠物質從他們身上冒出來，連帶著還有詭譎的沼澤臭氣，快速地在石磚地面上畫出不祥的圖紋。

「想試圖在這種地方打開鬼門嗎？」站在我身側等候命令的哈維恩皺起眉。

「朧火。」萊恩轉換手上的兵器，將雙刀往地面一插，熊熊火海轉繞燒出，眨眼包圍了那些已經快要融合在一起的鬼族與地面圖案，高溫沸騰了不明物質。

千冬歲收起長弓，抽出四張紅色符紙，「降神、歸一咒、南之朱雀淨火降燃。」紅色的火焰吞噬了符，旋出的金紅色灰粉轉繞幾圈，像是箭矢般射入火焰當中，「驅禍與祛厄，先破後退，滅。」

火焰幾乎在那瞬間熄滅，而黃黑色的液體與圖紋也隨之消失，只留下被燒得焦黑變形的一團物體，接著粉碎開，大量黑粉如地毯般在地磚上鋪開。

「再燒一次就可以清除乾淨了。」千冬歲拋出張火符，順勢看了下時間，「剛好趕上晚餐。」

別一邊殺鬼族一邊想晚餐的事啊，鬼族都死不瞑目了我說。

最後一點黑灰被燒除到完全不剩後，我看著29兵團那些學生驚魂未定的表情，突然感受到玩票性質的學生組團與眞正在前線的袍級學生那極大的差異。不知道爲什麼覺得有點無奈，只好聳聳肩，先走過去解救上頭已經快哭出來的學弟。

「米納斯……」正想打斷蓑衣蟲的繩子時，29兵團那邊突然傳來騷動，原本包圍在團長身邊的學生跳開來，幾名年紀較長的校外成員立即揮出各自的兵器，鬼影哈維恩也眨眼出現在我身邊抽出短刀，指向他們中心的團長。

翻白眼復甦過來的團長搖搖晃晃地站起身，讓所有人倒彈的原因就在他身上——露出的皮膚出現了許多怪異的紋路，和剛才被千冬歲他們清除的陣圖很相似。

「全部退開。」

一大綑頗有重量的繩子突然從上方掉下，整個砸在我頭上，有幾秒我還眞的被砸得眼前一黑，視線恢復時正好看見黎沚不知什麼時候從打瞌睡中起屍，翻身落在29兵團團長面前，左手準確無誤地抵在對方額頭正中心，手指接觸皮膚的隙縫中出現了淡淡光亮。

短短幾秒，那些怪異的紋路就這樣消失了，衰小的團長再度暈回地上。

黎沚彈開手上的一點小黑灰，笑笑地環顧四周被嚇呆的學生，「沒事了，不過以後如果你們再攻擊師長，就會有報應喔。」

這些話你應該在被一棒打下去之前說！

回過頭，千冬歲已經不見了，八成是趕場去赴晚餐約會，可以看見萊恩蹲在旁邊吃飯糰，喵喵正在對我揮手，還順便放出清潔空氣與各種異味的法術。

「學長救命啊嗚嗚嗚……」

上面的人參真的哭了，大噴淚。

※

「對不起！」

29兵團所有校內學生成員咚的聲整齊劃一地跪倒在地。

處理完右商店街騷動，為了避免再多生事端，我們一整群人轉移回學校的保健室。同時，那些笨蛋學生們也得知黎沚是老師更是黑袍這樣震驚的消息，全體臉色難看得好像期末被當光一樣，直接在黎沚面前跪地叩頭。

「我們真的不知道您是老師。」第二高傲學生代表所有人懺悔。

說真的，不說我也不知道黎沚是老師，立場對調換成是我八成也會一棒下去。

直接跳開躲避跪拜大禮的黎沚閃身到最大隻的輔長盾牌後面去。

「你們別在這裡妨礙治療，通通給我滾出去。」把黎沚拎出來丟到一邊，輔長將29兵團的人全都趕出門外，只留下還在昏迷中的團長與第二高傲學生。

從冰箱裡拿出飲料，喵喵分發給我們，還貼心地多給驚嚇過度的好補學弟一小份點心，就跟著坐到一邊去了。

拿著飲料，我順勢看了下手，那些兵團的印記已經不見了，估計是設定在赴約後就自動消失吧。

「所以爲什麼你們這些小朋友又弄了鬼族的東西回來？」輔長檢視完團長，確認沒有殘存任何後遺症後，才回過頭詢問：「搞什麼鬼，全部說清楚。」

所有人的視線都放到第二高傲學生身上，他臉上還有些不甘願的表情，不過現場有黑袍又有等級高的藍袍在等答案，他也只能乖乖地開口：「……學校出了妖師，很多人都很緊張，里德他們似乎又經常遭到妖師迫害，讓我們覺得必須做點什麼。」

迫害你個頭啊！

明明是他們迫害我啊！

原本我想照然的指示低調再低調，是他們先一天到晚不斷圍毆我，還放話說要將妖師一黨都逐出校園，才讓我忍不住開始瞞著然還手啊！

回頭如果再遇到劈里啪啦，我一定要把他往死裡打。反正輕輕打也是迫害，重重打也是迫害，那還不如揍重一點比較回本，反正最近也覺得他們防禦力好像練出來了，加強點攻擊估計還死不了人……失禮了，在這學院裡不管怎樣強都死不了。

完全沒有察覺自己把同伴踹進遷怒的深坑裡，第二高傲學生繼續說道：「但是我和門諾也知道憑我們現在的實力對付不了妖師一黨，正打算招收更多志同道合的團員時，那些人主動找上我們，說是野地傭兵，手頭有點緊，如果我們付給他們一些酬勞，就願意幫我們教訓校園內的黑色勢力，讓妖師一行不再那麼囂張。」

果然立意良好，但是你有沒有覺得妖師一行的囂張是被你們這些傢伙給三人成虎出來的？我本身超低調。

——好，決定牢牢記住這些傢伙的臉，看一次扁一次。

「我們並未主動挑釁他人。」經常在挑釁他人、超沒說服力的哈維恩不知道是沒自覺，還是想代替我們發言，總之反駁了第二高傲學生的話，「校內先動手的通常是爾等自詡白色種族的正義垃圾，如此低劣的偽受害者手段，就連夜妖精都不屑使用，沒力量的廢物。」

看看，他現在就在挑釁別人。

不過他說得有點過火。我拍拍哈維恩的手臂，讓他不要再開口了，他種族自帶陰險的天性只會一直發言挑釁別人而已。

第二高傲的學生惡狠狠地瞪了我們這邊一眼，於是又將視線轉回黎沚與輔長身上，「我們眞的不知道這些人是鬼族，以爲只是外地來的傭兵，這幾天也完全沒有感受到任何屬於鬼族的力量。」

黎沚與輔長對望一眼，交換的視線讓我覺得他們瞬間達成了很多只有他們知道的陰謀之類的事，不過兩人都沒立即開口，就是各自思索著。

我放下手邊的飲料罐，趁著片刻寂靜回頭看了下縮在椅子上的好補學弟，他看起來比較沒那麼害怕了，「第一次遇到鬼族？」

好補的學弟用力點點頭，臉色還是很難看，「以前守門人不會讓那麼凶惡的東西靠近到旁邊……」

原來是根溫室的人參。

不過我也不能講別人，我第一次遇到鬼族也是連滾帶爬地逃竄外加大慘叫，可能是之後被學長揍了幾次中斷那種極度恐懼，所以大概沒好補學弟嚇得這麼慘，大概沒吧。

這樣說起來，難道我也該把好補學弟揍一揍轉移他的注意力嗎？

正在考慮要不要往學弟的小臉用力掐下去時，輔長打破沉默，讓我們注意力又移過去。

「等等會有學校的處理人員來，你們兵團的人留在外面別跑。」沒再說什麼重要的事情，輔長只交代了第二高傲的學生，接著就轉過來我們這邊，「你們就快點回去早點洗洗睡。」

總覺得輔長還是有點怪怪的。

但就算開口問了，他們還是不會告訴我什麼吧，所以我也只好先起身告辭。

※

離開保健室後，我先讓哈維恩回去把事情報告給然，避免他再繼續纏著我不放，接著就是學弟了。

「學長……今天可以住你那邊嗎……」學弟抓住我的衣服，很渴望地看著我。

「不可以，你是住學生宿舍的吧，學生宿舍不會有鬼族跑進去。」就算擺出那種抖抖狗的樣子我也不會心軟！才講過幾次話就變蓑衣蟲，跑來住還得了，你會直接被泡酒啊！

好補學弟吸了吸鼻子，眼眶含淚，莫名散出濃濃的參味。

「……」

總覺得那股味道好像是從鼻涕眼淚來的。

……

………

人參精華液嗎？

不要流出這種東西啊啊啊啊啊啊！

連忙找出衛生紙把那些人參液體擦掉，我果然在上頭聞到很補的味道，「不要哭了……也不要流鼻涕！」塞給他兩張紙，順便捲兩張往他鼻子插進去，我抬起頭左右張望，幸好沒有吸引來什麼怪東西。

好補學弟慢慢把臉擦乾淨，有點不好意思地低頭，「學長人好好……」

抽你腦袋害你被綁架還覺得我人很好，你也算是前無古人了。

「總之宿舍的結界很多，鬼族不會衝進去，你可以放心休息。」當年我還直接回家呢，也沒發生什麼事，現在想想突然覺得我的神經搞不好比我想像的大條。

「我可以睡一樓大廳，不妨礙學長。」心不死的學弟把我衣服抓得死緊，大有不是我砍斷他的手就是他撕破我衣服的氣勢。

你睡大廳還不如被鬼族拖走。

那個夜晚會變成馬賽克版本的地方不是一般人或一般參睡得起的地方啊孩子！

「你……」

正要用其他方式把學弟打走時，附近花園突然傳來細小的窸窣聲響。我立即按著手環準備發動兵器，然後將學弟擋到身後。

接著一道身影快速掠過草叢，出現在我眼前的人讓我有些意外。

剛剛才在想說以後要針對痛毆的劈里啪啦正穿過花園，出現在我面前，而他看到我也很震驚，一個沒站好還差點摔倒。

我沒看見他平常那些成群結黨的正義朋友，就只有他自己一個人，看來也不是照慣例要來找我麻煩。

「你你你……」站穩腳步，不知道爲什麼比我震驚的劈里啪啦整個人向後退開。

「路過、大家都是路過，當作沒看到就好了，再見。」我揮揮手，本日懶得勞動了。

似乎也打算這樣做的劈里啪啦沒下句話，轉身就要走人，但就在他邁開步伐時，猛然停下動作，「……?誰在那裡?」

！

我居然沒發現還有第二個人嗎?

老頭公，今晚不准打電動！

手環立刻傳來不滿的情緒。

不滿也沒用，下次再漏就不幫你儲值，給我自己去賣裝備賺錢。

劈里啪啦收回腳，側過身，看向另外一邊的樹叢。

從黑暗中，走出一名女學生。

※

微光照在女學生臉上，我立刻認出是那個送情……挑戰書的女生。

艾蜜莉？艾莉卡？

「艾蜜兒。」

米納斯淡淡的聲音傳來，眞感謝。

「艾蜜兒？」劈里啪啦似乎也認識女學生，有些疑惑地看著她。

依舊是那種害羞又扭捏的模樣，艾蜜兒縮著身體往我這邊走近，接著對我遞出卡片。

29兵團不是還在保健室外面跪嗎，居然還有心思弄第二輪挑戰是吧？

接過卡片，我也沒想太多，正要直接抽出來時，一邊的劈里啪啦竟然突然劈手把我的挑戰書抽走，還直接射到旁邊的樹幹上嵌著。

「喬倫泰，艾蜜兒這幾天有接觸到什麼嗎？」站到我前面的劈里啪啦顯然與他同學聯繫起來，隱約可以感覺他正在使用某種通訊法術。

也不知道通訊那端講了什麼，總之劈里啪啦臉色不太對勁。

「學長。」好補學弟拉拉我的衣服，跟著轉過去，我看見插在樹幹上的卡片竟然開始燃燒起來，那棵樹也立刻將沒事插它的卡片給吐掉。

落地的卡片溶出一圈怪圖案，上面浮現文字。

……看不懂。

拿出手機把文字拍下來，才想傳給千冬歲幫忙翻譯時，快把我衣服抓成XL號的好補學弟突然發出驚叫。

猛一回頭，就看見劈里啪啦已經抽出兵器與艾蜜兒打起來，那個艾蜜兒的表情很空洞，看起來和29兵團的團長在懸吊廣場時很像……被鬼族操縱的是兩個人嗎？

不過我現在有個比驅逐鬼族操控更重要的事情。

「學弟，你再不放開手我就要被你勒死了。」我衣服被拉到都變緊身服，那個完全沒節制的學弟還在往後拉！再拉下去我的內臟會從嘴巴裡被擠噴出來啊喂！

好補學弟抖抖地看著我，我沒人性地一秒把衣服布料全部拔回來。

甩出米納斯的同時，劈里啪啦已被艾蜜兒打飛到旁邊，轉過頭的女學生臉上出現之前團長那種怪圖案，在我扣下扳機前，她突然收下兵器，失去所有殺氣，並莫名其妙地朝我行了禮。

「……裂……裂川王邀請妖師……」女學生斷斷續續地開口，從嘴裡傳出的是不屬於年輕少女的聲音，反而是相當蒼老的男性聲調，「我等黑……黑暗同盟……」

裂川王？

沒聽過的名字，也是鬼王的一種嗎？

但是四大鬼王的名字我都知道，裡面沒有裂川王，難道是後面的排序？

「黑暗同盟……請妖師……」

艾蜜兒的傳言還來不及說完，重新從地上爬起來的劈里啪啦從她身後快狠準地一擊、沒擊暈，他只好再一擊、再二擊，結果發現真的打不暈後，就換成一張符咒貼上去，終於把被控制的女學生放倒在地。

「喬倫泰，請向輔長報告這邊狀況。」通訊還維持著的劈里啪啦朝另一端友人說了下這邊的情形後，就跟著蹲在女學生旁邊，張開手，施放淨化的法術，小心翼翼地排除鬼族的控制。

收起米納斯，我想A班的人應該有能力處理，所以就蹲在一邊圍觀，好補學弟重新抓住我的衣服，也跟著蹲在旁邊圍觀。

大概觀了兩分鐘，原本還強作鎮定的劈里啪啦就怒了。

「你們這些邪惡的存在看什麼看！」手控術法的劈里啪啦怒目過來，惡狠狠地瞪我，「如果不是你，其他人就不會遇到這種事！」

「屁，依照他們自己笨蛋的思考方式，搞不好明天又會遇到。」面對劈里啪啦我就不用那麼客氣了，直接冷言冷語回去。

「你——！」劈里啪啦更火大了，「你還不離開學院！鬼族都把邀請函送過來了，你想害我們學校再次被襲擊嗎！」

原來那是邀請函嗎？

我偏頭看了眼已經燒融掉的卡片。的確，剛剛艾蜜兒好像有說什麼裂川王和黑暗同盟。按照以往的慣例，估計不知道是哪邊的鬼族把腦筋打到妖師身上，所以開始有動作了吧。

然和冥玥所在的七陵學院並沒有把妖師的消息外露，現在只有我們學校這邊有妖師傳聞，加上之前陰影造成的騷動，鬼族會再度興起壞念頭也不奇怪。不過這些事情就讓然去煩惱吧，他才警告過我不要做太多事。

想了想，我把手機裡的照片傳給然。

信件發出後我也站起身，拍拍身上的灰塵，還蹲在原地的劈里啪啦大概是覺得我們要離開了，偷偷鬆了口氣。他掩飾得很好，但是我還是看見了。

「對了，順便送你新開發。」

我快速抽出米納斯，往已經收術的劈里啪啦身上開一槍。

趁人不備什麼的最適合形容壞蛋妖師了！

整個大錯愕後，劈里啪啦才發現射在他身上的子彈沒有肉體傷害性，但是有精神傷害性，他的青筋立刻爆得活像早上起床時發現臉上被麥克筆亂塗鴉一樣。

「——褚——冥——漾——！」

劈里啪啦抓狂了。

※

「黏膠好像不夠黏。」

拎著學弟離開案發現場後，我把米納斯收回手環，「劈里啪啦剛剛還移動兩步。」

「這已經是現有模擬材料中最黏的物質。」

米納斯淡淡的聲音傳來。

「這樣要黏學長不夠啊！劈里啪啦都可以動了，學長肯定會整片撕起來！」

我家幻武兵器又沉默無視我了，倒是還拉著我的好補學弟抬起頭，有點好奇地開口。

「學長的學長是……？」

「就是我學長。」

先前陰影引起的種種事件，因當時學長體弱，所以我僥倖沒在第一時間被揍爛。為了預防學長治癒後回來新仇舊恨加在一起對我進行世紀大屠殺，我打算趁還活著時先做個可以把學長困在原地好讓我跑路的東西，等他冷靜我再回來磕頭認罪，這樣對大家的人身安全比較好。

但是術法陣法、兵器武術那些我絕對拚不過學長，只好往實物上面著手，最簡單的就是陷阱暗器了！一發子彈先把學長黏住，肯定可以爭取逃亡時間。

不過看剛剛劈里啪啦的表現，最新的黏膠八號肯定奈何不了學長！移動型的猛爆性活體兵器不是這麼簡單就可以對付的存在！

黏度還是要再強一點啦米納斯，至少要十秒，不然移動陣都還沒發動，學長百分之兩千就會拆了黏膠然後來撕爛我啊！

米納斯還是繼續無視我。

……算了，等下次新子彈吧。

我低下頭，看著還眼巴巴跟著我的好補學弟，「你該回去了。」我們已經回到黑館大門，總是要把人參趕回去他的世界。

「就一個晚上？」好補學弟吸吸鼻子，淚眼汪汪。

「不行。」

好補學弟大受打擊，拽著我的衣服，隨著布料裂開的聲音無力跪倒在地。

……

我冷眼看著眞的被學弟撕破的衣服。

純羊毛、戰鬥服，今天新買，號稱可以減十趴的傷害，你就這樣給我撕了。

瞬間所有眼淚鼻涕都回去了，學弟愣愣地看著手上的純羊毛。

默默深呼吸三次，我忍住往學弟臉上踹的衝動，「你給我……」

還沒說完馬上給我回學生宿舍，好補學弟扔開手上的純羊毛，一臉必死覺悟地直接撲過來抱我大腿，兩手用力攢緊我的褲子。

——如果害我變成第一個在黑館門口被撕破褲子的妖師，我眞的會殺死你喔渾蛋！

「你們在做什麼啊？」

正要把好補學弟甩開，超不妙的聲音從開啓的黑館大門後傳來，只穿著一套黑色蕾絲薄紗內衣的奴勒麗晃著尾巴，露出很有興趣的表情，「呦呦，想做大人有趣事情的話，姊姊可以陪你們喔。」

說著，惡魔爪子還眞要往我褲子這邊過來。

「沒事啦……不要脫我的衣服啊啊啊啊啊啊啊啊——」有惡魔趁人之危啊！

就在我衣服差點被扒掉時，終於有人來制止我成爲史上第一個在黑館大門被脫個精光的人。

「雖然風景很好，但是我今天有點累，想回去了。」不知道看多久的伯爵從黑暗中踏出步伐，看著擋在門口脫衣服的我們。

「唉呀，很有意思啊，蘭德爾也可以參一腳喔。」直接從後面制住我的雙手，奴勒麗舔舔血紅色的嘴唇。

「改天吧。」伯爵聳聳肩。

誰跟你改天！

甩開奴勒麗的爪子，我用力拎起死抓著我不放的好補學弟，心一橫，在惡魔又衝過來脫光我之前連忙往樓上房間衝。

寧願讓學弟睡一覺，也不想在大門口失貞操啊！

一口氣衝回房間，把門鎖全部鎖完後我才鬆口氣。

不過剛剛伯爵是怎麼回事？雖然只匆促一瞥，但是伯爵似乎真的沒什麼精神。他應該沒有和尼羅吵架吧？下午見到尼羅時還很正常，這兩天他們也都好好的。

八成出了什麼高難度的黑袍任務？

先不管那些，我手上還有個要處理的麻煩。

進門後，好補學弟終於放開我的褲子，然後眼睛發亮地開始看我房內的各種擺設，完全就是目的得逞的樣子。

……算了，隨他高興。

「你睡客廳喔。」我搬出備用的被枕，幫好補學弟鋪在沙發上，「就今天晚上，明天就回你宿舍去。」

學弟連忙用力點頭。

確定他應該不會炸了房間的小客廳，我就放他自己去準備他的夜間大事。

走進睡房關上門，才剛拿出衣服要換，手機就響了。拿出一看，果然是然。

基本招呼打完後，然便直接開口說了我傳過去卡片的事，「裂川王的事我們會處理——那的確是要邀請妖師參加黑暗同盟的訊息。」

我抓抓臉，坐到旁邊的床上，「所謂黑暗同盟是不是四大鬼王之外，另外一些鬼族自己組織的團體啊？要反攻世界那種的。」

「你怎麼知道？」然的語氣聽起來有些訝異。

廢話，這不是小說漫畫影視電玩都用爛的老梗嗎，用膝蓋猜都猜得出來……我連劇情都能編了呢！肯定是邀請妖師入夥之後就要發動千年戰爭，重現精靈大戰的暗黑時期，鬼族就哇哈哈哈地屠滅世界、我才是世界霸主之類的，有那麼難猜嗎！哼哼哼！

不過按照劇情發展，接下來應該會被反殺光吧。

我覺得學長一定沒有他猴子老爸那麼善良，如果真的再發生一次黑暗時期，學長估計會帶著軍隊把我們輾過來又輾過去，更別說顧忌啥友人之情……先別說友人之情，我絕對會在看到那瞬間跪下來懺悔，接著趴在地上被碎屍萬段，所以歹路還是不可行啊。

乖乖當好人吧。

「漾漾？」

走神了。

「沒事，我這邊會小心。」

「嗯，乖乖留在學校裡，過幾天我會去探望你。」然的聲音恢復成平常的溫和，帶著淡淡的關心，「最近和辛西亞一起做了燒仙草，你一定會喜歡的。」

「嗯……欸？」爲什麼是燒仙草？

「改天見囉。」

掛掉通話，我默默地收起手機。

一絲淡淡的微風拂過我的臉，從房間另一端勾來的是帶著微小鹹味的海洋之風。

旋轉於置物架上的銀幣傳來輕輕的歌謠聲。

留在學校中嗎？

第五話　不可告知的情報

翌日一早……眞的是一早。

天還沒亮我就被陽台傳來的慘叫聲驚醒，整個人跳起來時才發現那是好補學弟的驚叫聲。

鬼族應該不至於眞的跑來吧！

握著米納斯衝出房間，下一秒我看見的是讓我想乾脆先宰掉好補學弟的畫面。

在陽台捲成一團的學弟正遭到成群鳥類襲擊，一大堆種類不明的鳥蓋在他身上亂七八糟地啄……該說這些鳥好眼力嗎！一大早就知道來這裡進補！

收起米納斯，我走過去驅趕那些鳥，中途還被凶惡地咬了好幾口，好不容易把學弟拖進室內，關上陽台門，那群虎視眈眈的鳥還是站在外頭，無數小眼睛散發出各種飢渴的光芒盯著裡面，我乾脆連窗簾都拉上了。

不過因爲是學校的鳥，也不知道會不會撞破玻璃或撞破牆壁進來就是。如果眞的破窗或破牆而入，我就得再把祭品丟出去還牠們。

把學弟整隻翻過來，才發現他被嚇得眼淚鼻涕直流，整個房間又充滿補味。認眞地說，這兩天我聞這個味道已經聞到快吐了，他就不能散發別種味道嗎！例如土味！

「你在幹嘛？」看他好像被鳥咬了不少口，露出衣服外的皮膚上都是被啄過的痕跡。那些鳥不會真的是在進補吧？

過了好半晌，才從驚嚇中慢慢回神的好補學弟縮著身體，驚魂未定地開口：「我我我我我只是想……」

我看他還在抖的手上有握東西，扳開手掌一看就看到整把細細的人參鬚。

「你吃飽撐著餵鳥啊！」難怪鳥會聚集過來，我就奇怪學院的鳥也太異於常鳥，這樣都能知道這裡有參，原來是這傢伙自作孽。往學弟頭上搧下去，我打開落地窗把那些鬚丟出去，果然聽見外面一陣搶食騷動，接著鳥就全員離開了。

「牠們說喜歡香香的食物，所以我想說……」根本不知道自己是大餐的好補學弟摀著頭，無辜地看著我。

莫名想再往他頭上來一抽，我做了兩次深呼吸，轉身從冰箱拿出備用的精靈飲料給學弟，讓他壓壓驚。

……

欸，等等，原來他聽得懂鳥語？

接過飲料，好補學弟終於鎮定下來。

趁著短暫片刻，我瞄了眼時間，還五點不到，貌似回去再睡個回籠覺也還行。

「學長人眞的很好……」

「啥？」一下子沒反應過來，我疑惑地回過頭，正好對上學弟詭異的崇拜目光。

「不但是傳說中大家都知道的人物，還是隊伍的中心，而且還這麼親切……」

「停。」我制止好補學弟那些完全不對勁的話，傳說中的人物就算了，大家都想殺的黑暗存在也算是種傳說所以不意外，但是後面就有問題，「隊伍中心是什麼鬼？」

這傢伙是用哪隻眼睛看到我是隊伍中心？白目那隻嗎？

學弟雙眼閃閃地回答了我的疑問：「昨天學長不是不用出手，大家就以你爲中心發動攻勢了嗎？我在上面看得很清楚，眞的非常有默契呢。」

你還眞的給我用白目看世界啊！我明明就是呆站在那邊！爲什麼會變成以爲我中心！掛在上面不用四肢就給我好好用腦啊！

不過這點似乎沒資格說別人，一年前我也是不用腦那個……

「學弟。」一巴掌拍在好補學弟頭上，我瞇起眼睛，「學長告訴你，世界上很多事情不是眼睛看到的那樣，我只是個很弱的普通學生。」呃，好像應該說普通的妖師，算了，差不多意思。

「是，我懂了！」學弟很有精神地回答。

眞的懂嗎？

我好擔心啊！

抹了下臉，總覺得好不安啊……這學弟讓我好不安啊！

「好像沒水了。」喝掉飲料後，學弟搖搖我的水瓶，「記得外面走廊有飲水機，我去拿點熱水，順便幫學長泡些好喝的東西。」說完，他抱著水瓶就蹦跳地離開房間。

外面有飲水機嗎？記得飲水機是在大廳啊。

學會基礎水術之後我都自己用集水術倒是沒注意……啊！啊啊啊！

「學弟！外面那個飲水機不能用啊！」

「啊啊啊啊啊啊啊啊——」

「啊啊啊啊啊啊啊啊啊啊啊啊啊啊——」

根本來不及衝出去制止，我直接聽見兩種淒慘尖叫聲響遍整條走廊。

外面那個飲水機……以前半夜睡覺被我燙傷之後，它現在換了地方睡覺啊……

看著大驚嚇在角落縮成一團的學弟，及噴血水滿地打滾的飲水機，我也只能淡淡微笑了。

一切都是人生啊。

※

「漾漾，你昨天沒睡好嗎？」

上午陣法學第一節下課後，坐在前面的喵喵轉身趴到我桌上，好奇地眨眼，「臉色很不好喔，先給你一點打起精神的東西，張嘴，啊～～」

乖乖聽話地張嘴，讓喵喵塞了顆糖果，有點像薄荷的沁涼味道立刻鎮定我還有點發痛的腦袋。

說沒睡好，還不如說是被好補學弟搞到腦痛。

天都還沒亮就害我被扣一筆飲水機的精神安養費，接著還得把生根在角落的學弟拔出來，好不容易拔完，一回頭就是一堆黑袍在圍觀……還真不知道這兩天回家住的黑袍這麼多。

拖參回房後又花了我一堆工夫才終於把那小子踹出去上課，不然那條參滿臉想種在我房間裡一輩子不出去的表情。

……爲什麼我得幫扇董事造的孽善後啊？

「今天好像還沒看見千冬歲呢。」

喵喵一說我才注意到千冬歲到現在還沒進教室，平常他是最準時到課的人，畢竟他最大的興趣除了夏碎學長之外就是和師長們對槓了嘛。

「萊恩是不是也沒來？」雖然平常都沒看見萊恩，但今天是眞的沒有他到課的感覺。

兩個人一起出任務嗎？

這就怪了，千冬歲好像很少把任務排在課堂時間，即使有排也會通知喵喵要請假。

就在我和喵喵面對面一起疑惑時，陣法學教室的門突然被人踢開，發出慘叫聲。

「漾～」我比較不想看見的五色雞頭表情有點怪，也沒衝過來問我決鬥的事情，就是用拇指比比外面，「四眼田雞和萊恩打起來了，你不用跑去中間擋嗎？」

誰跟你跑去中間擋！

你以爲我是專業卡中間被打死嗎！

……

不對！

「千冬歲和萊恩在打架？」我和喵喵幾乎同時站起。

「對啊，本大爺看到他們在白園附近打……」

五色雞頭的話還沒說完，附近同學們就騷動了，不少人聚集到窗戶邊，跟著看過去，果然看見白園方向冒出一道煙霧。

「漾漾！」已經發動移送陣的喵喵伸出手，「走吧。」

沒想太多，我立刻跳進陣法裡，接著五色雞頭也跳進來……進來幹嘛啊！

「有架就要打！」五色雞頭直接豎起拇指。

懶得理他了，我們眼前已經開始出現白園附近的花圃風景，部分花草樹木已經自行逃去避難了，剩下整片光禿禿被破壞的地面，以及分解的涼亭殘骸。接著是一陣轟然巨響，我們左前方有點距離的石柱不知道受到什麼力道攻擊，整個爆碎開來。

打碎石柱的是萊恩，他收回黑色雙刀急速旋身，避開差點射穿他身體的箭。

雖然閃開了飛箭，但顯然在我們到達之前他就已經受到不少攻擊，身上有許多大小傷勢；對手千冬歲身上也差不多，兩人帶著各種傷口繼續互毆。

「他們在幹嘛啊！」聽見不同於喵喵的女生驚叫聲，我回過頭，看見莉莉亞也出現在附近，八成是和我們一樣聽到別人的傳言就趕來了。她一臉訝異地朝大打出手的兩人喊：「萊恩．史凱爾！你在打什麼鬼啊！」

在打搭檔鬼，滿明顯的。

萊恩再度避開千冬歲射過來的箭支，還順勢斬成兩段。

不過除了莉莉亞，附近也開始聚集圍觀的其他學生……應該說剛剛就有聚集了，我瞄到附近還有屍體。居然連圍觀路人都被捲入嗎？

「漾漾，加油！」站在一邊的喵喵突然握緊拳頭發出打氣之言。

……我不是職業卡中間擋架的喂！我會死啊！會死很慘啊！

更可怕的是連莉莉亞都跟著握拳了，「雖然我覺得你很沒用，但是加油。」

後面那兩句是多餘的。

正想看看五色雞頭能不能一起幫忙時，我才發現他人已經不在旁邊了，那個讓人很絕望的背影正以拋物線的方式飛撲戰場，還朝最靠近的萊恩揮出獸爪。

可能也不意外有人再衝進混戰中，萊恩頭也不回地直接朝來人甩出刀同時應戰。

「漾漾，對不起了。」站在一旁的喵喵突然抓住我的手臂，露出無辜又可愛的表情，「但是漾漾也不想讓他們打架對吧。」

「咦？」

下一秒，我被喵喵的巨力給甩出去，整個人跟著五色雞頭的軌道飛進戰區。

還來不及從摔得七葷八素及驚嚇中回過神，我一抬頭就看見已經打成近戰的三人要把武器往其他人身上揮進去的畫面。

「通通住手！」

很可悲地，我還是衝進去了。

那瞬間，最先停下攻勢的是萊恩，原本要砍在千冬歲身上的刀硬生生轉向、劃過我的手腕劈進我腳邊土地；他同時放開刀柄，抓住千冬歲要砍上我腦袋的刀鋒；五色雞頭的爪子來不及收勢，從千冬歲臉邊擦過去，拉出條血痕。

總之，三個人的動作停下了。

「別衝進來！」同樣被嚇一大跳的千冬歲錯愕地瞪著我，「說過幾次會死。」

我也知道會死，你去跟喵喵說啊！

胸口還狂跳不止，我轉向天使臉的喵喵，她還給我裝迷糊可愛地吐舌頭！接著就拉著莉莉亞小跑步過來。

「你們都受傷了，先離開這裡。」喵喵召出移送陣，不打算停留更久時間讓大量外人圍觀，瞬間把我們全體轉移出戰地。

「嘖，還以爲有架打。」五色雞頭很遺憾地將爪子甩回普通手，然後往我肩膀上搭，「身爲大爺的僕人，你不是應該幫大爺偷襲這個四眼田雞嗎。」

「似乎剛才沒先取你性命有些對不起你。」將刀從萊恩手上收回散化，千冬歲冷冷看著不知道爲什麼亂入的五色雞頭。

「來啊！大爺隨時等你！」五色雞頭立刻挑釁回去。

「你們通通住手好嗎。」我再度擋到所有人中間，然後可悲地開始懷疑自己該不會眞的已經卡習慣了吧。

「沒錯，你們如果敢在這裡打起來的話，我會在你們肝臟上面刺滿愛心讓你們通通變成小心肝喔。」

打斷對峙的是不知何時出現在我們面前的輔長，他手上還有整套刺繡針線。

原來喵喵把我們轉進保健室了。

輔長一出現，包括五色雞頭在內，所有人都閉上嘴巴，完全沒有人想成爲現成的小心肝。

「四隻受傷啊。」輔長一一掃過我們。

四隻？

莉莉亞有受傷嗎？

我轉過頭，有點疑惑莉莉亞應該沒進戰區時，她也用一種很詫異的目光回看我。

低下頭，我才發現我的手腕正不停流血，血量很大，整個淡去的移送陣上都是血，剛剛情緒太亢奮都沒感覺到痛。

「勸架不成，別自殺啊。」輔長露出同情你一百年的臉。

「你才自殺。」你全家都勸架不成去自殺。

接著，我就失血過多啪嘰倒地。

※

「所以說，為什麼要打架。」

喵喵扠著腰，站在已經治療完畢的千冬歲和萊恩面前，「昨天還好好的呀。」

接過輔長遞來的飲料，因為剛剛血噴太多，我還有點頭暈暈，就靠在柔軟的沙發上慢慢喝著補血物。

「對啊，萊恩你不是老說千冬歲是很重要的搭檔，你們打什麼啊？」莉莉亞也扠著手，和喵喵一樣動作，鼓著臉盯著沉默的萊恩看。

不但千冬歲沒有回應喵喵的詢問，萊恩也沒回答莉莉亞的問句，兩顆蚌殼一個字都不吐。

「你們剛剛還打漾漾呢，怎麼可以讓他死得不明不白！」喵喵很憤慨地說道。

基本上我還沒死，而且不明不白是妳造成的喂！

千冬歲和萊恩很有默契地同時往我這邊看了眼。

「漾漾，不好意思。」千冬歲打破沉默，開口道歉。

「呃，沒關係啦……」就算有關係也真的不是你們的關係，死也不會找你們纏身的放心，

「不過你們到底為什麼會打起來？」

「這和你們無關。」千冬歲又扳起臉，擺明不想說原由。

「這和他們有關。」萊恩沉著聲音，不贊同地看向千冬歲。

會打起來又和我們有關？

「……千冬歲你應該沒吃掉萊恩的飯糰吧？誰送的限定特別版那些？」怎麼我只能想到這種很有可能引發他們大打出手的可能性啊！

「我就算吃了他也不敢把我怎樣。」千冬歲語氣平板地回答我的問句。

「上次你吃掉，說要賠給我的，還沒賠。」顯然這個問題勾起了萊恩某個帶著淡淡憂傷的記憶，接著被千冬歲惡狠狠地一瞪，他就沒繼續講了。

所以不是因爲珍藏的飯糰被吃掉什麼的。

「既然不是飯糰被吃掉，你們打什麼？」

看來以爲是飯糰之恨的也不是只有我，露出不解表情的莉莉亞也是滿頭問號。

「偷吃萊恩的飯糰他不會砍人啊。」喵喵比我們更不解，疑惑地看著我和莉莉亞，「爲什麼是飯糰被吃掉？」

——妳偷吃過啊！

我還以爲萊恩的飯糰是不能隨便吃的，原來可以嗎？

「算了先別管飯糰。你們究竟是爲什麼打？」讓飯糰話題過去，我也不得不讓自己看起來比較嚴肅點，重新問道。

「是歲，公會派了任務給他。」萊恩說著，然後看了眼輔長，「他們都知道，還有校舍管理人……」

「萊恩！住口！」千冬歲打斷萊恩的話，語氣變得有點尖銳。

和輔長也有關係？

的確，輔長這幾天看起來怪怪的，還以爲是我自己想太多。但聽萊恩的語氣，好像這些事情和我們有關？

「漾漾有權知道！你哥也是！」似乎不打算就此閉上嘴巴，萊恩罕見地聲音大了起來，讓我們幾個圍觀的人有些愣住了。

「他們無權，這是公會情報任務，即使你是白袍也不能越界。」千冬歲霍地站起身，臉上不帶一絲情感，冰冷地回應自己的搭檔，「萊恩．史凱爾，你正在越權。」

站在一邊的輔長在他們二度打起來前，笑笑地介入，「千冬歲說的沒錯，小朋友你們快點回家洗洗睡吧，公會任務有分等級……」

「那麼紫袍有權限調閱嗎？」

輕輕打斷輔長話的聲音不屬於我們任何一人，整個嚇了一大跳的千冬歲猛地轉頭看向門口，站在那邊的夏碎學長對我們所有人勾起淡淡的微笑。

「我聽到消息，千冬歲與萊恩打起來，很介意。」不輕不重帶過他出現在這邊的原因，夏碎學長最後將視線停在千冬歲身上，重新複述了問題：「紫袍有權限調閱萊恩口中的任務嗎？」

千冬歲神色很顯然動搖了，但還是一個字都不說。

「夏碎，別為難我們，公會下了封口令。」輔長抓抓臉，有點困擾地回應。

「如果紫袍權限不夠，黑袍夠嗎？」夏碎學長並沒有就此停止發問，而是讓開身，讓他身後的黑袍踏進保健室。

不知為何出現在這裡的戴洛一臉凝重地看著我們整群人。

夏碎學長和戴洛出現在這邊讓我有種極度不安的感覺，他們兩個很少會一起行動，現在竟然同時出現逼問千冬歲所謂的任務……該不會！

「你們全都是被禁止調閱的對象，我也只能說到這裡。」輔長聳聳肩，表示他也不能破壞規定，「萊恩最好也別再說了，公會會對你進行懲處喔。」

「我不怕。」萊恩神色鎮定地回答了輔長。

我握了握拳，拿出手機。

「那麼，資深黑袍應該可以調閱吧。」收到千冬歲訝異的目光，我讓自己發出最冷靜的語氣，「我聽說，黎沚不受公會規範。」

黎沚，肯定會幫我這個忙。

如果事情真的像我所想的那樣，那無論如何也要讓他們開口。

坐在後面的五色雞頭突然笑了，打破那幾秒的寂靜。

「本大爺這兩天就在確定這件事的眞僞，你們愛封口去封口，大爺我才不會虧待僕人。」說著，他朝千冬歲豎起中指，「大爺才是能決定僕人事情的主人，陰險的四眼田雞。」

「你——！」千冬歲眞的動怒了。

「算了。」輔長按住千冬歲，有點無奈地抓抓頭，「看樣子也只能告訴他們了啊……」

輔長語畢同時，室內再度出現幾道人影。

賽塔與安因、洛安分別站在不同位置，正式加入對話。

⁂

「請別任意將黎沚牽扯進事件當中。」

在輔長封閉保健室時，洛安走到我面前，語氣有些冰冷地開口：「他的情況並不是你們所想那麼方便。」

「對不起。」剛剛一時衝動直接想要找黎沚的確是我的錯。

洛安搖搖頭，就沒再多說什麼。

「公會已經同意能向在場幾位透露相關機密情報。」結束了通訊的賽塔微笑地看著我們。

「不過是不是閒雜人多了點啊？」輔長視線掃過莉莉亞。

「封口啊，大爺可以幫忙。」五色雞頭張合了下手掌，「打死再復活！」

正視人權啊你們。

「是不是與冰炎他們有關係？」夏碎學長無視滅口的討論，直接問出我剛剛也有想到的懷疑。

「先前阿利會私下與我通訊，但已經有一段時間沒有音訊了，我與夏碎詢問公會幾次都沒得到回應，今天正打算與夏碎一同去公會，沒想到正好遇到這狀況。」戴洛皺起眉，看著同爲黑袍的安因與洛安，「幾位可以告訴我們是怎麼回事嗎？」

「本大爺可以告訴你們啊，不用公會的人。」五色雞頭笑得很猖狂，然後有點得意地轉向我，表示選他才是正解。

「我們回來之後發生什麼事？」雖然很不想承認啥僕人的鬼，不過我現在覺得問五色雞頭會比較快。

「簡單地說，就是冰炎殿下一行人在不久前失去行蹤，完全無預警。」似乎不想讓五色雞頭得意，已經得到公會許可的千冬歲搶先一步開口：「公會派出許多人正在搜查他們的下落，消失的區域雖然有一些流寇，不過實力不強，應該與他們無關。」

「他們沒進入燄之谷嗎？」最後一次見到學長他們，確實已正要進入，難道沒順利進去？

「不，有的。只是燄之谷範圍內皆為大型古代術法，無法確認他們踏入後的狀況，在裡面時休狄會定時向公會回報，雖然燄之谷內有些問題，但似乎還算順利。不過就在不久前休狄突然斷去所有聯繫後立即失去行蹤。」安因與賽塔交換了一眼，開口：「我與洛安兩人前往拜會了燄之谷，雖然無法進入，但燄之谷方面告訴我們，休狄一行人確實已平安離開，並未在燄之谷耽擱，他們也不明白發生什麼事。另外傳訊了時間交際處，回應我們可能是他們一行人附近疑似有空間干擾，要我們自行處理。」

「休……休狄殿下沒留下什麼嗎？」剛剛差點被滅口的莉莉亞有些遲疑地詢問。

欸等等，既然事情和學長他們有關，那莉莉亞就不是閒雜人吧。她是摔倒王子的妹妹，別忘記這個身分啊各位！

我突然有點為莉莉亞捏了把冷汗。

安因搖搖頭，「不管是哪位都沒有留下線索，阿斯利安也沒有。但附近並沒有發生過任何事件的情報，暫時判斷是兩位袍級因故隱去蹤跡。」

莉莉亞有點手足無措地低下頭，可能也不知道要再說什麼吧。

「這些事情，似乎應該第一時間告訴我們。」夏碎學長聽完後，語氣並沒有任何變化，只是看著安因與洛安，「身爲搭檔的我們有權利知道。」

「你們這些傢伙肯定會馬上衝過去的不是嗎。」輔長瞇起眼睛，「所以對你們『不可告知』啊。」

「喵喵也不知道啊。」喵喵有點不解地皺眉。

「因爲妳會告訴褚冥漾，褚冥漾就會告訴夏碎嘛。」輔長安撫性地揉揉喵喵的頭，轉過來看我，「你和夏碎一樣不能去。」

認眞來說，我還眞不知道自己能不能順利到達目的地呢。

「可是千冬歲知道啊……」喵喵咕噥著。

「歲是情報班，這種事他只要有心就能拿得到，更何況對我們封鎖消息就是他的任務。」

萊恩頓了頓，接著說道：「但是他不應該隱瞞你們。」

「爲了我哥和漾漾好，即使公會不下命令，我也不會說。」千冬歲態度同樣強硬，接著轉向我們，「哥、漾漾，對不起，但是我不想再看你們受傷，學院和陰影的事只要一次就夠了，這次我絕對不會讓你們再去。就算現在你們都知道了，我也會盡全力阻止你們。」

千冬歲是眞的擔心我們……可能擔心夏碎學長比較多，我是附掛的。不過他的表情很堅決，萬一夏碎學長眞開口說要現在去，他八成會不惜一切動武打昏他哥。

對此，夏碎學長倒是沒有什麼特別反應，也沒講什麼責怪千冬歲或詢問的話。

「但是連我都隱瞞，這可令人無法苟同，我並沒有像夏碎一樣受傷。」原本整個人好好的戴洛現在心情開始不好了。

「你誤會了，隱瞞你不是我們的意思。」輔長有點同情地拍上戴洛的肩膀，「是阿利的意思。他出發前特別向公會申請，如果有發生狀況絕對不要通知你，也不准你趕過去拚命。而且我聽說他好像有做什麼準備，說不定你現在踏出保健室就會被埋伏砍死喔，貌似他最後的打算就是讓你死到他能重新建立通訊時才要讓你復活。所以我們覺得這種狀況下，隱瞞你比較好一點——比起你弟精心安排的皮肉痛。」

「……」戴洛一秒無言了。

平平都是兄弟愛，怎麼這邊的弟弟比千冬歲還要可怕和「瘟腥」很多倍呢。

我深深同情著快要被他弟買凶殺人的戴洛老兄。人家旁邊只是疑似想打昏哥哥而已，這邊已經想把哥哥殺掉了啊。

「可是萊恩不是也知道嗎。」站在一邊的莉莉亞挑起眉，「你也沒告訴其他人啊。」

「我早上去歲的房間裡，他邊換衣服邊和別的情報班通訊時聽見的。」萊恩有點無辜地回望莉莉亞的瞪視。

你要不要順便解釋一下爲什麼每次你都在千冬歲換衣服時發現重要祕密這件事？

我覺得以後千冬歲會考慮在換衣服時設下結界什麼的，不然再來個第三次他可能會爆血管。

「不管如何，公會都已經派出高手搜查，你們好好待在學校裡，不要再出去了。」千冬歲站起身，抓住我和夏碎學長的手臂，表情有點急切，「可以發誓嗎？」

說眞的，我還眞不想發誓。

被這世界陰險過好幾次，我算是學乖了點，誰知道下一秒會發生什麼事，才不想沒準備就開口亂答應。

夏碎學長勾起淡淡的微笑，反按住千冬歲的手背，「不可以。」

那瞬間，我覺得我好像聽見了千冬歲的背景音是命運交響曲的超重音開頭，他整個被打擊到不行，人都灰暗了。

輔長打斷了千冬歲的悲愴，「那麼事情就是這樣，如千冬歲所說，你們幾位還是乖乖地待著……」

「我可不想讓阿利獨自涉險。」戴洛顯然從他弟的凶狠中回過神，「黑袍不用被干擾，我以我的意志與判斷行動。」

說完，他就豪氣萬丈地打開輔長的封鎖術法，頭也不回地離開保健室。

兩秒後，我們聽見外面傳來驚天動地的聲響，好像有什麼大型車輛啪嘰了什麼東西，接著一股血腥味傳進來。

……戴洛被他弟的精心安排幹掉了。

※

「眞是的，這種重大的事情起碼也要告知我們一聲。」走後面的莉莉亞還有點小抱怨，「好歹他也是王室成員……」

被輔長轟出保健室後，我和萊恩等人再次往教室方向走，畢竟還是得回去上課。而夏碎學長則是被留在保健室，可能其他人還有什麼事情要討論吧。

和我們一起出來、走在前面的千冬歲一個字也沒說，倒是比較沒有早先時候和萊恩打起來時那麼劍拔弩張了。

雖然將狀況告知我們，但離開前我們都被設下守密術法，不允許在外面與不知消息的其他人討論或透露這些事情，以免引起不必要的干擾與探詢。

不過比起這些意料中的設置，我比較想知道戴洛老兄之後到底被拖到哪裡去了，離開保健室時也只在外面看見一灘血和一張「阿斯利安託我們保管他哥」的字條……到底被拖到哪裡去了呢！爲什麼那些人可以瞬間輾掉拖走一名實力堅強的黑袍呢？

這安排好毛骨悚然啊，感覺是千冬歲到達不了的等級！

「我太害怕我哥受傷了，有很多事不會做。」走在最前面大半天不吭聲的千冬歲終於在沉思很久後帶著一種堅定的表情開口：「但是就保住人這方面，似乎得向阿利學長的不擇手段看齊。」

求你不要看齊！原來你不說話是在考慮這種事啊！

我還以爲他是想跟萊恩或我們說點什麼，難道他在離開保健室後就一直在心中讚歎阿斯利安對付他哥的手法嗎？

「不可以殺自己人喔。」喵喵煞有其事地開始對千冬歲說教。

殺別人就可以嗎！

算了，反正學院裡不會死人，大家都知道這點才卯起來手下不留情，離開學院之後就都變得很小心。

某方面來說這樣的學生時代根本一點都不青春啊！

「漾～大爺還有點事情。」旁邊的五色雞頭突然靠過來搭住我的肩膀，「陪本大爺去弄個東西，閒雜人等無事就退朝吧。」

「我還有課……」我可以自動退朝嗎。

「剛剛那個精靈管理人說幫你們請假到中午，你們屁股癢才現在跑回去。」五色雞頭像是要附身一樣整個人貼到我背後，語調從三度邪惡變成八度邪惡，還伴隨著陰森森的口氣：「大爺的僕人就乖乖聽話。」

「漾漾，有需要就開口，我幫你把寄生蟲剝下來。」千冬歲直接抽符拔刀，「不痛放心。」

雖然我也想把他像洋蔥皮一樣剝下來，不過……

「算了，我陪西瑞去拿個東西，你們先回教室吧，等等見。」

千冬歲有點可惜地散掉刀，不過沒說什麼，就要我自己小心，然後和其他人繼續往教室方向離開了。

等到他們全部消失在花園步道上、周圍也空無一人後，五色雞頭才嘿嘿嘿地從我身上退駕，而且表情還很得意。

「不愧是大爺的僕人，一秒懂大爺暗示！我們靈犀不是白長的！」

誰跟你長靈犀！

那種東西要是長出來我就一秒剉掉它！

你都已經把我抓住了我還能不知道你有事情要我留下嗎眞是。

「還有什麼事嗎？」我抓抓頭，還眞不曉得五色雞頭爲什麼特地抓我，剛剛在保健室好像沒看到他開口，這讓我有點意外，他很愛搶話、特別是搶千冬歲的話，但剛剛居然都沒有搶。

「當然，大爺說過不會虧待僕人，公會那些傢伙又不讓你知道更多，那大爺也不告訴他們，讓他們急死哇哈哈哈——」五色雞頭朝千冬歲離開的方向扮了大鬼臉。

「學長他們怎麼失蹤的？」在保健室時，我知道輔長他們沒將話說清楚，他們不打算把事情完整告訴我們。

畢竟他們的考量是正確的，夏碎學長還不適合遠行，我貌似也有點問題得待在學院，得知這些事情的我們如果沒人阻攔，肯定會全部不管然後就衝去吧。

「誰知道。不過大爺這邊有消息說他們是在綠海灣附近不見的。」五色雞頭聳聳肩。

綠海灣？

當初去燄之谷，除了通過沉默森林，另一條路就是奇歐妖精的綠海灣，不過那時綠海灣不太安全。難道學長他們離開燄之谷後，因爲什麼原因折回綠海灣重新出發嗎？

那麼可能要找莉莉亞去詢問同族比較容易得到情報，雖說地位不如摔倒王子，但莉莉亞肯定還是有她的方法。

「綠海灣那邊，大爺的手下回報之前出了海盜和流寇，情況亂得很有趣，奇歐妖精被搞得亂七八糟，公會出兵幾次才打退海盜。」一臉很想去大混戰的五色雞頭咧開詭異的笑容，「不過前陣子說海盜莫名又出現了，而且好像沒被攻擊過一樣，都沒啥損傷。」

說起來，我記得雷拉特的確說過公會在聚集黑袍要處理這些事……當時確實有提到身為黑袍的洛安有過去幫忙。

所以洛安才會是這次幫忙探查學長他們下落的一員嗎？

我抬起頭，看著五色雞頭。

「你主動打聽學長他們的消息？」我都不曉得回學院後五色雞頭還一直持續收集那邊的情報。難怪他最近的鬧事率變很低。

「大爺才沒有擔心他們！」五色雞頭馬上丟來罵句。

你還是在擔心啊。

我打從心底覺得想笑。

五色雞頭不自然地扒扒他的彩色腦袋，「大、大爺只是有架不打，很浪費。」

「是啊，有架不打很浪費。」我回應他尷尬的話。

五色雞頭咧嘴壞笑。

「對吧，不愧是本大爺的僕人，就說我們靈犀沒白長的！」

就說那東西長出來我絕對會剉掉它！

站在我對面的彩色殺手朝我比出拇指。

「去幹架吧！」

第六話　黑暗同盟

雖然五色雞頭那句「去幹架吧」說起來很爽快，也好像有點勵志。

但事實是在我們提早回到教室上課後，萊恩和喵喵就偷傳小紙條過來，說我們附近多了很多監視，尤其是我……還不夠多嗎喂！我強烈懷疑我連上廁所的隱私都沒有了！

轉看向五色雞頭，他直接朝我比一個劃脖子表示要把監視者殺光光的動作。

……意見不採用。

我把頭轉回來。

正想繼續把注意力放回課堂上時，我就看見一隻粉紅色的壁虎從我課本上快速溜過去，接著是第二隻、第三隻……

面無表情地往地上看，果然看見大量粉紅色壁虎像是被從螞蟻窩炸出來一樣，用跑百米的速度四處到處亂噴射，已經引起一陣騷動，甚至有幾個同學從座位上蹦跳起來打開防禦結界閃避粉紅噴射壁虎。

是上進階傳送陣沒錯吧……啊算了，肯定有千百種理由可以解釋這一切。

「好的，由於巴克同學設置錯誤，今天我們有幸見到陣法反彈引起的逆傳送，以及只生長在特殊區域、相當罕見的融漿壁虎。」坐在講台的老師完全不打算收拾滿教室的壁虎，設好結界後就開始泡茶了。

融漿壁虎怎麼聽起來不太妙？

再度爬過我課本的粉紅壁虎停下腳步，兩顆黑亮亮的眼珠子深情地看了過來，與我四目相交的那秒像是咳嗽般噗唧了聲，一口岩漿就這樣噴出來燒我的課本。

果然是壁虎如其名啊。

不過怎麼不是火蜥蜴，正常不是應該要噴出火蜥蜴比較帥嗎？

我默默用手指把壁虎彈出去，接著用力蓋起課本熄掉火勢。老頭公設置好保護結界後，滿教室的壁虎開始此起彼落地噗唧噗唧起來，充分讓我們見到團結就是力量所造出的岩漿長流，整間教室空氣為之一變，提高不少熱度。

「對了，不要拍打壁虎比較好，牠們體內是高熱組成。」翻起小說打發時間的老師再度開口。

不過已經遲了，在我左前方的別班學生一本子往滿桌子的壁虎拍下去，下一秒那張桌子整個爆炸，轟的聲完全不意外地把那個同學給炸飛出去，幸好被其他還有良心的人接住才沒飛進教室中央的宇宙長……中央的岩漿長流。

發現同伴遭到攻擊後，教室裡的上千隻壁虎噗唧得更大聲了。

「請各位在下課前使用正確的傳送陣把壁虎都送回家吧。」老師微抬起頭，微笑著說：「送最少的人，扣分喔。」

接下來全教室的人都開始追著噴岩漿的噗唧壁虎跑，我也用了幾次傳送陣把壁虎送回那個同學設置的座標點，整個班級混亂了好半晌，已經多到快變成壁紙、地毯的粉紅色壁虎才逐漸減少。好不容易在下課前，粉紅壁虎終於被清乾淨。

把該扣的分扣一扣，老師闔起他的書本同時，下課鐘也響起。

「下堂我們同樣是進階傳送陣，同學們記得回去好好複習今天教的，因爲下次要諸位設定的傳送目的地是沙羅曼達——火蜥蜴的巢穴。」老師露出個非常溫和的微笑，特別是對那些眞的有被岩漿燒到的人，「不想全員被燒死就保重喔。」

所有人幾乎有志一同地看向今天設置錯誤的那位同學。

估計下次他再設置錯誤，可能會被上這堂課的所有人給圍毆到死！

「漾漾，我們去吃飯。」

收拾好課本，喵喵和萊恩直接架住我跑出教室，後面五色雞頭也一秒追了上來。

我都懶得去想什麼無視人權隨身攜帶的問題，只能捉緊那瞬間問一句：「千冬歲……」

「歲去找夏碎學長。」萊恩丟了七個字回答我沒問完的話。

也是，千冬歲可以忍完上課也滿厲害的，他現在應該很擔心他哥瞬間出逃，畢竟夏碎學長在某方面來說也是超級行動派人物。

原本以爲喵喵他們是要去餐廳討論，不過在跑出校舍後，他們方向一轉，直接衝往風之白園。

上午被破壞的白園附近已全部恢復原貌，乾淨整齊得好像沒人在這邊打架拆房子過一樣，連屍體都沒剩下來。

到達目的地後，我被塞進白園，五色雞頭和萊恩跟著跳進來，喵喵直接開了結界將我們四個封鎖隔離，不讓附近各種生物或術法干擾，祕密會議製造過程之順暢無阻，好像經過多次演練……你們平常到底都在幹什麼啊！

「喂，那些監視的東西還在外面繞喔。」五色雞頭歪著腦袋看向白園外，「要幹掉嗎？大爺實在很不喜歡被觀賞的感覺。」

喵喵用力點頭，「好……」

我用力摀住喵喵的恐怖發言，「先別管那些，反正他們也進不來。所以說你們要幹嘛？」

喵喵抓開我的手，有點興奮地開口：「哪哪，現在我們是不是該做那個了！」

「哪個？」看她的表情我覺得毛骨悚然。

「逃走。」喵喵用天使面孔朝我比了記拇指，「聽說漾漾之前在校外都是這樣的！超好玩！」

誰在校外都逃走！

……不對，搞不好眞的有。

某些被我放在心底當黑歷史封印的記憶差點又浮回來，我連忙甩甩頭不去想那些，避免自己心靈受創。

「沒那回事，妳不要聽別人亂講。」我有千百種不得已，這不是常態啊啊啊啊啊啊！

「漾~你痴呆了嗎，你的專長不就是和大爺在月黑風高時甩開敵人！然後前進黃金島嗎！」

五色雞頭握緊拳頭咧開笑。

別來搗亂啊混帳！誰跟你月黑風高去黃金島，你才全家都去黃金島！

……罵到六羅了，改一下。

你這豬頭才天天去黃金島！

「我開動了。」好像一切與自己完全無關的萊恩打開不曉得哪來的飯糰盒，眞的吃起午餐了。

抓著我的喵喵好像還不死心，大眼睛眨呀眨的，「漾漾你不擔心學長嗎？我們可以偷偷溜出去喔！」

果然妳的目的還是學長。

不知道是不是我的錯覺，喵喵和班長、奴勒麗她們混在一起久了，最近行動和思考好像越來越像！

「蹺課會被老師和學校報復吧！」之前出去是因爲有核准，外加黑袍、紫袍隨行，現在自己跑出去，我完全可以想到會有什麼缺課報應。

「那種小事，死幾次就好了啦。」喵喵還用一種過來人的語氣爽朗地笑給我看，「學校不會眞給我們死的，安心吧！」

「並不想死幾次。」我覺得自己的眼神又快死透了。

「漾~怕痛不是男子漢，人生沒有幾個疤痕就沒有榮譽！」五色雞頭鄙視我不想死的發言，「來來大爺讓你死個幾次，你就會習慣了。」

「免了謝謝！」我連忙逃到萊恩旁邊尋求人道庇護。

「要去嗎？」萊恩側頭看我。

「呃……」

我一時回答不了萊恩的問句。

當然，我是想去的。

絕對想去，不管如何我都想知道學長還有其他人發生什麼事情，也希望能付出一點力量幫忙找到他們。

但是……

※

「那是什麼？」

就在我思考著某些事時，喵喵和五色雞頭停下剛剛的吵鬧，兩人方向一致地看往外面。

下意識地抬起頭，在那個方向，我看見了一股黑色的煙霧升起。

該不會又是什麼學生自體爆炸之類的事情吧……

「漾漾，你留在這裡。」

似乎收到什麼消息的喵喵與萊恩同時站起身，兩人緊盯著那股煙霧不放，「我們離開一下。」說完，他們一起消失在原地，移送陣的光芒在我面前緩緩淡去。

「好像有樂子，大爺去湊個熱鬧，僕人好好在這邊等大爺歸來！」五色雞頭扔下這句，也跟著消失在結界裡。

剛剛還很熱鬧的結界，現在只剩我一人。

「噗唧。」

更正，還有隻壁虎。

……

壁虎？

我愣愣看著從我手邊鑽出來的粉紅色壁虎，兩顆黑亮亮的小眼睛深情地朝我望來……我靠！不會是同一隻吧！怎麼黏上來的！

「我現在送你回家。」不然牠在這邊噴漿我就慘了。

傳送陣在粉紅壁虎腳下打開時，原本應該就這樣把小壁虎送回去牠同伴身邊，但在發動那瞬間，粉紅壁虎突然整隻彈出去，彈性極好地飛躍避開了傳送陣。

「……」

再打開一次。

「噗唧。」壁虎還是跳給我看。

……不帶這麼玩人的喂。

完全表達不想回家意念的粉紅壁虎連續快速閃躲傳送陣三次後，從白色草地上跳起，重新竄到我身上，兩顆眼睛骨碌碌地盯著我看了半晌，突然順著衣服鑽進我制服胸前口袋裡，好像那才是牠家似的，噗唧兩聲就捲著不動了。

——不會又是白川主吧！

不過應該可以刪除這種可能性，我就不信世界上有粉紅川主這種東西。

把壁虎從口袋裡抓出來，我再度打開傳送陣，「乖，快回家。」

黑色小眼睛看著我，就在我要把牠往傳送陣裡扔的那秒，小眼睛突然變成火紅色的眼睛，一股熱度還從壁虎身上慢慢傳來。

「噗——唧——」

粉紅壁虎像是被怨靈附身一樣緩慢張開嘴巴，在牠喉嚨深處我好像可以看到整坨發熱的岩漿伴隨著恨意和扭曲空氣要一起流出來。

「其實你再玩一會兒也沒關係。」我絕對不是怕什麼壁虎的大絕招威脅，而是覺得小壁虎的生命苦短，稍微看看人間風情也不錯。

粉紅壁虎瞬間眼睛恢復了，岩漿也吞了回去，整隻歡樂地從我手掌蹦出來，順著我的手臂又爬回口袋裡去。

這年頭連隻壁虎都可以欺負人類真是不公平。

話說回來，剛剛那個煙到底是怎麼回事？

拉回被壁虎分散的注意力，我再度往煙霧處看去，這才驚覺短短時間裡，那股煙變成原本兩、三倍的量，而且逐漸形成看起來相當不妙的詭異形體。

鬼族？

還沒想出個所以然，白園附近突然傳來一陣尖叫聲。

「老頭公！」

解除掉喵喵的結界，取出米納斯，直接往傳出尖叫聲的方向跑。

離開白園才跑出一小段，就看見距離極近的水池花園處也出現一股細細的黑色煙霧，叫聲就是從那邊傳來，從那裡也跑出兩、三名女同學，看起來是一年級的學生，臉上都帶著驚恐。

順著花園小徑進入，我看見了黑煙的源頭——一隻小狗模樣的幻獸。

這種校園幻獸原本應該是米白色的，有雙小翅膀，經常在學校裡到處亂跑，很親近學生，就和我原本世界的小狗一樣。

不過現在帶著黑煙的幻獸已整隻染黑，扭曲怪異的尖角從牠的身體各處長出，詭異的聲音從牠越來越長的尖牙中混著紅色的口水溢出，嬌小的身軀也逐漸脹大。

鬼族化。

「讓開！」

正要想辦法制止幻獸鬼族化時，有人推開我，從我身後跳了出來。

「喬倫泰，後面還有一隻！」急速打出封咒的劈里啪啦順勢布下各種隔離結界，困住已經鬼族化的幻獸和那股黑煙。

從花圃中竄出的第二高傲學生甩出同樣咒術，果然捕捉到另一隻也正要鬼族化的小幻獸。

「這不是我弄的！」看著劈里啪啦，我連忙說道。

「沒人說是你弄的！」劈里啪啦沒好氣地開口：「是門諾，他剛剛清醒，告訴我們那些鬼族利用他的身體與意志，在校園裡做了手腳。」

「里德，又一個。」第二高傲學生按著劈里啪啦，兩人看向校舍方向。

那裡也冒出了黑色煙霧。

應該說，校園各處都開始冒出了這樣的煙霧，不過也有些開始減少，校內的人已採取各式各樣的行動，但似乎來不及完全收拾，又再次出現了新的黑煙。

有些比較大的黑煙在凝結形體後，炸出了許多細細小小、像是蒼蠅一樣的飛蟲，開始往學院各處擴散，接著又很快被阻止與撲滅。

「門諾有說放置多少嗎？」劈里啪啦詢問29兵團的副團長。

「大概有十七、八個。」喬倫泰嚴肅著表情回答。

看著那兩隻在封咒裡咆哮的黑色幻獸，我也不知道該怎麼幫牠們。

和鬼族有關的話，說不定哈維恩知道得比我還清楚……如果這時候他在就好了，可以問問他有什麼方式幫幻獸說……

「我說過，您有任何問題都可以命令我。」

我默默轉回頭，看見很M的哈維恩不知什麼時候已站在我的身後，活像個背後靈。

現在我深深懷疑，這傢伙該不會也在偷聽我的心聲了。

❀

「我發誓，絕對沒有偷聽您的想法。」

哈維恩很誠懇地看著我，「您的表情變化太明顯，以及我隨時都在關心您的動靜。」

這不是跟蹤偷窺嗎！

我用力揉揉臉，連哈維恩都這樣說，該不會之前學長說看我臉就知道我在腦殘是在說實話，真的不是騙我嗎！

「我絕對不會擅自窺探您的想法。」哈維恩再度開口，語氣還帶著勉強和艱難：「如果我做了這件事，那我……我就……我就被換掉。」

他的反應都已經像是遇到世界末日那般嚴重了，我也只好相信他真的沒偷聽。

不過被換掉是怎麼回事？

「族內希望我就近保護您的安危，我也希望我是唯一一名侍奉您的夜妖精。」哈維恩雖然還是沒什麼表情，不過我隱約感覺得出來他有點緊張，他就這樣繼續解釋：「對夜妖精而言，這是至高無上的榮譽，畢竟千百年來夜妖精失去任務很久，這對我而言很重要。」

但是對我而言很驚悚啊！

而且你幹嘛強調唯一一名，你是打算把其他想來的同族都打跑是吧！

「你可以去服侍然，我覺得然會給你更多任務。」重點是我不太想去想像以後屁股後面會有隻黑嚕嚕的夜妖精貼著不放啊！

「不，您是我第一位見到的存在，而且曾協助沉默森林擺脫魔森林的問題、收伏過陰影，所以……」

所以你就變成破殼小雞了是吧！

我現在眞想把這隻拚命唧唧叫著要命令的黑色小雞塞回他的鐵殼裡！

當初你還給了我一巴掌喂！想起那個當年啊！

「我將我的生命完全奉獻給您，任您使用，絕不有二言。」黑小雞用一種他從今天開始就是我的人了的堅定態度看著我。

「那好，你的終身任務就是去種高麗菜，去吧，究極的高麗菜園，高麗菜的明天在等著你。」

黑小雞可能沒有想到我會說這種話，整個人震驚了幾秒。

「您……」哈維恩回過神後，也說不出話來。

「我才不要你的生命。」因為我而受傷或死亡的那些事情，我不想揹負更多了。

「您……」

「喂，你們兩個還要談情說愛的話，滾遠一點，會不會看時間地點啊！」

完全被我們遺忘的劈里啪啦非常凶惡地打斷哈維恩的話。

你才在和29兵團的呆子談情說愛！

我盯著不知死活的劈里啪啦，打從心底祝他們兩個快去超越世俗談情說愛。

「算了，那些事情改天再說。」看著遠方再度出現的黑色煙霧，我也不想和哈維恩繼續吵那個生命話題，「你知道那些煙是怎麼回事嗎？」

哈維恩果然點了頭。

「應該是利用了一點陰影加以混合黑暗毒素，做出這些小型幻獸不太能抵抗、能立即鬼族化的惡咒。」無視劈里啪啦與喬倫泰的瞪視，哈維恩逕自走向被封住的兩隻黑色幻獸，「如果順利成長，可能還會破壞學院幾處封印。」

「例如鬼門那種嗎？」我馬上想起先前宿舍內的鬼門，當時還引起了不得了的騷動。

「嗯。」哈維恩再度點點頭。

「眞可惡。」竟然連這種小型幻獸都要加害，那些自稱黑暗同盟的傢伙還眞陰險。

「有什麼好可惡的，這不就是你們這種黑暗種族最常做的事嗎。」站在一邊的劈里啪啦冷眼看著我：「歷史裡多得很，完全不奇怪了。」

「如果要追溯歷史，恐怕白色種族也不遑多讓，例如爭奪地盤引起各種戰爭。」哈維恩把劈里啪啦冷眼回去，「貪婪的扭曲與非人的手段可召喚了不少黑暗覆蓋世界，伸張正義的種族連基本包容異己的心都沒有，你們所謂白色世界讓你們學會的是這些，聽來不是很可笑嗎。」

「黑色種族有什麼資格和別人說包容。」劈里啪啦有些不以爲然。

「那又是誰賦予白色種族這種資格？」哈維恩再度嗆回去。

「你——！」

「里德，別和這種傢伙吵。」喬倫泰制止友人發怒，「他們只想看我們失去理智，好從中取得樂趣。」

這聽起來比較像惡魔會做的事情。

我認眞覺得奴勒麗會超愛，還順便往年輕的肉體摸兩把。

……

………

等等，爲什麼他們可以接受惡魔是安全警衛，就不能接受妖師是學生呢！

劈里啪啦相當生氣地又往我們這邊瞪一眼，最後乾脆轉開頭。

我聳聳肩，也轉回頭去看兩隻幻獸，這才發現那兩隻幻獸周圍已冒出大量黑色小蟲蠅，不過因爲封咒，並沒有第一時間擴散出去。

「請讓我結束牠們，現階段靈魂未遭到完全污染，還可拯救。」哈維恩從腰後抽出兩柄短刀，「如果完成鬼族化，就會成爲無。」

「黑色種族說這種話還眞有點可笑。」劈里啪啦再度丟來冷言冷語。

「黏膠九號喔。」我把米納斯對向劈里啪啦。這陣子實驗黏性都實驗在他身上，果然他一聽到威脅，立刻臉色大變，然後乖乖閉上嘴巴，「哈維恩，動手吧。」

「是的。」

「慢著……」

哈維恩搶在喬倫泰阻止前，連同封咒一起砍破，眼也不眨地瞬間斬殺兩隻幻獸。隨著染黑血肉四散，深藏在軀體裡的惡咒同時流竄而出。哈維恩沒讓那兩股惡咒逃離，一手一個封印甩出去，徹底捕捉惡咒。

躺在地上的幻獸屍體開始消散成粉塵。

「你們竟然如此對待無辜的生命！」劈里啪啦和喬倫泰露出極度憤慨的表情。

「不然呢？」看著兩個傢伙，我實在有點懷疑這些A班的人腦筋多不會轉彎，「別忘記我們還在學校裡啊。」

劈里啪啦兩人愣住了。

「保健室已經接到幻獸靈魂，等輕微污染處理完畢，應該可以重新塑回身體。」同時與保健室建立聯絡的哈維恩邊收回短刀，邊告訴我，「其他幻獸也都已有人做同樣處置，目前還沒有完全鬼族化的幻獸受害。」

果然沒錯，在鬼族化之前砍死就可以救回來。

我朝哈維恩比了記拇指，夜妖精雖然沒有笑，但整個人看起來很開心……糟糕，不知不覺給命令又稱讚了。

「我們去幫忙其他地方吧。」似乎還想要被我稱讚的黑小雞興奮期待地看向附近又冒出黑煙的位置。

「……走吧。」總不能因爲不想稱讚他就不幫忙吧。

「慢著。」

我回過頭，看見劈里啪啦漲紅著一張臉，原本以爲他還想找麻煩，不過他開口說出的是讓我有點訝異的話：「雖然是黑色種族……但是剛才……剛才幻獸的事情，是你們對。這點……該謝謝……」

「我們承認因爲厭惡你們造成判斷失當，差點讓幻獸受害。謝謝。」喬倫泰也很老實地低頭。

這學校裡的傲嬌還眞不是普通多。

我勾起笑，看著兩個A班的傢伙，「不用謝啊。」接著，抬手朝他們開一槍，黏膠九號華麗麗直接把兩個豬頭用力黏在花圃上，「因爲我還要報復一下剛剛沒事被你們罵。」而且我之前也發誓過要見一次打一次嘛。

劈里啪啦和喬倫泰整個愣住，接著暴怒了。

「——褚冥漾！」

⁂

「九號還是不夠黏。」

剛才那兩隻還是移動了，我只好繼續冀望米納斯再開發。

米納斯照慣例無視我。

砍掉第二組幻獸後，哈維恩走過來，「校內所有異變似乎都清除完畢。」

環顧四周，果然沒再看見黑煙了，「做得好。」

哈維恩在原地面無表情地開了下花後繼續報告：「不過數量比剛才那兩人說的還多，估計有三十多處遭襲擊。」

可能是另外那個又被我忘記名字的女學生搞的，她也有被控制，所以數量加倍並不奇怪。

「取出的惡咒，用夜妖精的方式分解，裡面皆有特定傳送術法與邀請。」哈維恩張開手，讓我看見他回收的玩意，「來自於黑暗同盟的邀請，如果有學生取得，可能也會開啓。」

這方面就讓學校自己去煩惱吧。

「銷毀。」我並不想和什麼聯盟扯上關係。

「是的。」哈維恩雙手用力一拍，所有惡咒瞬間消散。

該說不愧是學業滿分嗎，看他做得如此自然順手，莫名被纏上的我都羞愧了……快回到人生正途吧孩子，你明明是沉默森林的菁英啊別這樣當小雞！

「誰在那裡？」

就在我有點想去蹲牆角時，哈維恩看向附近的樹叢。

從樹叢那裡傳來一股讓人有點不爽的怪異氣息，雖然不是很強，但就是讓人不爽。

接著某種暗色陣法亮了幾秒，隨後走出一名長相普通到轉頭就會半秒遺忘的男學生，看起來應該是大學部的人。

或者不是我們學校的人？

他給人的感覺實在很不像我們學校的學生，帶著說不出來的邪氣。對了，有點像是以前大競技賽時，惡靈學院給人的感覺。

「我是惡靈學院，金斯。」

有時候覺得自己腦殘殘得準眞不是好事。

「惡靈學院的人有事嗎？」我們學院只要經過申請或守衛核准就能進入，所以常有其他學院會來交流，在這邊看到外人也不是什麼怪事。

叫金斯的男學生笑了下，突然在我們周圍布下結界；哈維恩同時拔出刀，擋到我前面。

「我沒有惡意，只是不想讓無關的人竊聽。」金斯立即抬起雙手，「同樣身爲侍奉黑暗的一族，請相信我的友善。」

哈維恩皺起眉，「侍奉黑暗？」

「我為……」

「聽都沒聽過。」哈維恩沒聽對方說完，直接一刀砍過去。

我說，你怕別人來篡位想滅跡也不用做得如此明顯好嗎！這夜妖精散發的殺氣完全就是「不准有人取代我」的凶狠意味啊！

差點眞的被砍死的怪學生在那生死一瞬間及時布下防禦擋住哈維恩的攻擊，不過防禦壁還是被砍出相當大的裂痕。

可能是被哈維恩嚇到，金斯連忙又丟出好幾道防禦，然後才再度開口：「總之，我是黑暗同盟的一員，只是想正式向兩位遞出邀請函。黑暗同盟保護遭到白色種族追殺的黑色種族已經有很長一段時間，如果有妖師加入，必定能讓我們更加茁壯。」

咦？

難道黑暗同盟不是我先前想的那種充滿鬼族或鬼王的組織？

說好的老梗呢！

但是然那邊的說法的確就是老梗啊……？

「現任妖師一族不介入歷史爭鬥，滾。」看起來還是一臉想要劈開對方的哈維恩冷冷回絕對方的邀請。

「對黑色種族來說，黑暗同盟並不是敵人，你們總是需要庇護所，請想想妖師一族數千年來所受的迫害。」金斯誠懇地繼續說著：「夜妖精也受到不少排擠不是嗎？白色種族總是視我們為邪惡的存在，而不去正視我們真正的歷史地位，以及神賦予我們的生命任務，所以……」

「那個惡咒是你弄的嗎？」比起聽陌生人講古那些我都知道的事，我現在比較想搞清楚是誰惡意利用29兵團。

「不是，我想應該是裂川那些人的手段，他們並不在乎白色種族會如何。」金斯搖頭否認。

「裂川王？」這名字我知道，才剛聽過沒多久。

「是，最近同盟的鬼族那邊有個裂川王主張要直接把妖師拉進來。」

看來這個黑暗同盟比我想的還要複雜。

「總之，你們肯定會需要幫忙，白色世界一直如此自大地迫害黑色種族，請好好考慮我們的邀請吧。」金斯畢恭畢敬地低下頭，遞出了黑色的邀請函。

「妖師一族不介入歷史爭鬥。」哈維恩重複剛才的話，「滾。」

我聳聳肩，不打算收邀請函，就環著手看這個惡靈學院的要怎麼辦。

要知道我已經被學長的凶惡制約了！現在都在想該怎麼跑路，如果收下來，萬一哪天被知道，九百條命都不夠我死啊！而且我也不信什麼鬼同盟擋得住學長！你們真要有本事擋住學長一輩子，我就考慮加盟！

發現我們眞的不打算收邀請函，金斯遺憾地嘆了氣：「請再好好想想吧，我就不再佔用兩位的時間。」

說完，惡靈學院的人搶在哈維恩砍掉他之前，快一步消失得無影無蹤。

哈維恩嘖了聲，破壞掉周圍的術法後收回短刀。

算算時間，我也差不多得回白園了，不然喵喵他們回來沒找到我，估計又會吵鬧個不停。

於是我轉向好像還想要我命令他什麼的黑小雞：「我先回去啦，你也別再跟蹤我了！」

「我……」

「去吃你的午餐，去做你的功課，不要、偷、窺、我。」你們再這樣繼續跟蹤偷窺下去，乾脆全部跟監人員去組一支足球隊算了，還可以輪流換班省體力呢！

黑小雞有點失落，不過還是打起精神說道：「……遵命，但如果有需要，不論何時，我等候您開口。」

這到底是什麼歡迎隨時來找我的發言！

聽起來好有問題啊！

而且不是我要說，你一個黑嚕嚕的邪惡夜妖精跟前跟後，還不怕全世界的人都發現我和妖師有關聯嗎！人家來找我算帳就算了，萬一有啥高手連你都砍怎麼辦！

「如果您擔心我的外表，我有能改變外表的術法。」哈維恩突然開口，把正在思考的我嚇一大跳，接著自動自發地往臉上抹了下，原本深色的皮膚反應了他的術法，很快地淡去顏色，變成比較白皙的皮膚，完全將他那張深邃帥臉給顯露出來，「但我比較偏好反擊想襲擊我的人，我以身為夜妖精與侍奉種族為榮，不希望改變自己。」

說著，他又再度恢復成黑嚕嚕的模樣。

……算了。

「總之，你先回去吧，校內不會有太多危險，真的有要幫忙的事我會再找你。」他都已經說到這個份上了，我還能怎麼辦。

哈維恩和前幾次一樣，雖然沒有笑，但看起來似乎很開心。

「那麼我先告退了。」

第七話　商店街騷動

解決了哈維恩，正想返回白園等其他人時，喵喵的一通電話讓我停下腳步。

「對不起喔漾漾，醫療班要處理後續，現在很忙，暫時回不去了。」帶著很抱歉的語氣，應該是被醫療班抓去處理幻獸的喵喵說道：「等這邊忙完，喵喵再過去找你！」

掛掉電話後，接著我就收到萊恩的短訊，大致上也是被抓著處理一些相關事務，讓我們不用等他。

既然這樣，五色雞頭肯定也有自己的事，我就人好發個訊息叫他不用再回去～～幸好下午的課不同，總算可以先避開他！

「漾～下午的課都暫停喔。」

一隻爪子搭上我的肩，同時打破我所有幸福美好的下午時光。

「一堆人都去處理入侵的事，乾脆改天再補課。」不知從哪竄回來的五色雞頭完全沒意識到我的慘澹，很自我地繼續說：「趁那些煩死人的傢伙不在，我們兩個就這樣奔向日月吧！」

要奔自己奔啦！

推開肩膀上的魔爪，我沒好氣地轉頭，「我還有別的事情要做。」

「正好，大爺沒事幹，陪你去做！」五色雞頭露出豪爽的表情。

可惡，應該要先想到他是沒事幹才折回來的！如果他有事就跟著事跑了，才不會又跑回來這邊，失算！

「漾～你有啥事？」

糟了，剛剛只是要把他趕走隨便搪塞，我還眞沒什麼事情，本來打算去買點東西然後就回宿舍做作業、讓老頭公繼續玩他的遊戲而已，但現在如果這樣講，隔壁這隻彩色的雞應該就會把我拖走！

這時候好像才應該召喚哈維恩，讓黑小雞和五色雞去戰鬥才對。

「我……」

「學長——！」

正想隨便找點藉口時，另一個和五色雞頭同等麻煩的聲音從遠方響起，還有急速逼近的趨勢。

都還來不及用移動符逃逸，那根人參就從不遠處的花園土裡蹦出來，帶著欣喜的面孔奔騰過來。還沒靠近，就被五色雞頭一掌按住額頭，整隻往後推開。

「這誰？」瞇起眼睛打量嬌小的學弟，五色雞頭看向我，「你兒子？」最好馬上有兒子！

「是一年級的學弟，才剛認識。」特別加重學弟兩個字，我讓五色雞頭放開手。

「有個怪味道。」五色雞頭露出高深莫測的表情看著好補學弟，看得學弟又開始整隻往我這邊縮過來，還自動自發躲到我後面。

我無視五色雞頭，把好補學弟拎出來，「你又要幹嘛？下午沒課，回去做你的作業啊！」總覺得我今天一直在叫人回家做作業呢。

「聞到學長的味道，所以才跑過來……」好補學弟又露出那張各種蠢的單純笑容。

「味道？」我身上應該沒什麼味道吧？

好補學弟愣了下，連忙更改說法，「啊，對不起，是學長身上、我的味道。」

我靠！你這種說法還不如不說啊！

五色雞頭都用一種好像捉姦的眼神在看我們了喂！

「學長吃了我一部分後，會殘留氣味，當然接觸也有啦，這種特殊氣味唯獨我們族人可以分辨。」好補學弟繼續說著越描越黑的話，最後乾脆給我一記重擊，「唔……就是會留在你身體裡相融……」

「夠了。」快住嘴！

你解釋的方式讓我深深相信我吃了不該吃的東西啊可惡！相融個鬼啦，明天早上我就把它送給馬桶，自己去跟馬桶融吧！

懷抱著想再把學弟插回土裡的心，我極度忍耐才沒再往他頭上搧過去。

就在各種糾結時，一邊的五色雞頭突然靠過來，而且還往我身上嗅。

「幹嘛啦！」連忙將超靠近的彩色頭給推遠，我沒好氣地看著五色雞頭。

「大爺沒聞到什麼味道。」五色雞頭狐疑地看著我，又看向好補學弟。

「只有我們這族……」

「你，不要講話。」我覺得眼皮跳了幾下，立刻讓好補學弟重新閉上嘴，避免今天過後，我的名聲會再被刷黑一圈，接著轉往五色雞頭，「不小心吃了學弟他們種族的東西而已，明天拉掉，很快就沒了。」

五色雞頭整個臉都不對了，表情瞬間凶惡到好像他家被連闖空門三次一樣，「渾帳！本大爺的僕人怎麼可以先讓別人做記號！要做也是本大爺先做，要味道是吧！歃血為盟眞兄弟，之前你喝的還不夠力沒留味道，現在本大爺讓你喝一升！」

你們夠了喔！那啥歃血為盟的慘案我完全不想回憶啊！

連忙抓住五色雞頭割向自己的手，我急忙開口：「我們根本不用做記號啊！之前不是經歷過很多風風雨雨嗎，你還記得多洛索山的山妖精嗎，以及大家一起度過的懸崖和落日、奔跑追逐！光是那些就比做記號還強好幾倍了，什麼記號來記號去都是世俗的概念啊，讓那些俗世的一切隨風去吧！我們擁有的不是區區一個記號能夠相比的啊。」

比起喝一升血，我寧願說一天的鬼話！要說什麼都行！

五色雞頭一愣，整個人停住了。

「好好喔……」站在一旁的好補學弟露出羨慕的神色，「聽起來好威，我也想和學長有風風雨雨。」

如果不是因爲騰不出手，我現在眞想抽這條人參的腦袋。

心好累。

超累的，學長我眞的錯了，對不起。

等你回來，我一定送上一年份的蜜豆奶來表達我深深的歉意。

被我抓住的五色雞頭約莫在我內心開始流血淚的幾秒後才重新有反應。他又來回看了我和好補學弟幾眼，收回手，接著咧出了笑。「沒錯，本大爺和僕人你有的是靈犀，長在裡面的比長在外面的好！」

根本沒長過那種東西。

我有點心涼地看著自顧自高興起來的五色雞頭，已經不知道該從何處掙扎了。不過沒有被強迫喝一升的血，還算是不幸中的大幸吧。

站在一邊的五色雞頭完全不知道我內心的哀傷，居高臨下地露出勝利者表情，得意地看著好補學弟。

「路邊的野花～你快滾開～～」

我已經眼神死地不想糾正歌詞了。

※

「學長，那你下午有空嗎？」

被五色雞頭打擊了半晌後，好補學弟怯怯地拉拉我的衣角，「可以再請你幫忙嗎？」

「你代導人死哪去了。」顯然不喜歡好補學弟的五色雞頭把他拉開，「去找你代導人幫忙，就算時間過了也可以找。」

對了，我之前好像也沒問過他代導人的事情，應該要叫他去問自己的代導人才對，不然這樣一直黏上來也不是辦法。

「代導人好像很忙，有點不好意思常常打擾她，而且她也很久沒有聯絡了。」好補學弟小聲地說道。

那打擾我你就好意思嗎！

「你代導人是誰？」貌似我得找對方把他家人參領回去繼續導。

「染花七葉。」學弟報出一個很陌生的名字。

我轉向五色雞頭，他莫名陷入沉思，沒立刻回答。

「高中部？」二年級裡我沒聽過這個名字，說起來二年級我也沒認識多少人啊……

「大學部的學姊。」學弟連忙補充。

這樣應該可以向庚學姊打聽一下，就可以請代導人來領回人參了。於是我發了訊息給庚學姊，請她幫我詢問一下這位代導人。

「喂，漾～別和那個七葉的人扯上關係。」五色雞頭想了半天，終於開口。

原來七葉才是姓嗎？我還在想染花這個姓滿特別的。

「你認識？」

五色雞頭抓抓腦袋，「大爺不認識，只是有聽過。反正別混在一起啦！」

既然他都這樣說，估計這個代導人應該不是什麼好惹的角色。邊這樣想時，我的手機收到了庚學姊的回訊，簡單地說，就是這名染花學姊目前正在任務中，不在校園，她也不知道對方是執行怎樣的任務，就是有陣子沒音訊了，結尾還好心地詢問我們需不需要她的幫忙。

看來暫時沒辦法讓參被領回去。

我把結果告訴五色雞頭，旁邊的好補學弟立刻雙眼放光，很樂地又靠上來。

想都不用想，我完全知道這傢伙在打什麼主意，肯定就是代導人不在，他可以順理成章尋求幫助什麼的。

再度按著學弟額頭把參推開，五色雞頭看向我，「漾~你怎麼辦？」

「……要幫什麼忙？」好像也不能把學弟就這樣丟著，感覺好像遺棄什麼小動物，我只好無奈地開口詢問。

「我們老師要我們買一些上課用的東西，得去左商店街。」好補學弟用期待的視線盯著我看，「我不知道該怎麼買……」

扇董事沒教這傢伙消費嗎？

「你沒買過東西，你之前的課怎麼上的？」五色雞頭不客氣地回問。

「跟同學買的。」好補學弟很認真回答五色雞頭的提問：「同學人很好，一直賣東西給我呢。不過大概是我用法有問題，不斷炸掉，得常常跟他買，所以我有點不好意思，想想還是得自己嘗試離開去接觸外面才行。也有其他同學要我自己滾出去買，而且還把那位人很好的同學打一頓……眞奇怪。」

不知爲何，我看到學弟頭上好像出現閃亮亮的「肥羊」兩個大字。如果是會被同班同學揍的程度，完全可以猜到他同學十成十還翻倍賣他黃牛價。

看著被賣還數鈔票的學弟，我只好朝五色雞頭開口：「西瑞，那我陪他去一趟左商店街好了。」順便補一下備品，有些東西還是要齊一點才好。

「大爺沒事，走吧！」直接搭住我的肩膀，五色雞頭毫不猶豫地繼續加入我的下午時光。

「……」還能說什麼呢。

「走吧走吧。」學弟抓住我另一邊手臂，有種想和五色雞頭對槓的氣勢。

五色雞頭瞇起眼睛。

在他噴出火球燒烤學弟之前，我乾脆兩個一起抓著，直接往校門口走去，以免他們眞的打起來。

「啊，既然要去，本大爺就帶你們去右商……」

「不准，通通去左商店街。」是要把學弟嚇死嗎！雖然他已經去過了。

「嘖！」

※

離開校園後，我們徒步往左商店街前進。

即使學校剛發生騷動，但商店街一如往常還是很熱鬧。有時候我真的很懷疑這麼多人潮到底是怎麼來的，不管何時來左商店街，我好像都看到這麼多人啊！

「這隻小的要買什麼？」五色雞頭按著好補學弟的頭頂，直接抓住學弟的腦袋問我。

「一年級大概就是水晶和符紙那些吧？」沒記錯的話我當時消耗比較多的就是這幾種。

對了，那個抽取式符紙確實好用，等等要推薦學弟買。

「學長真的好厲害。」學弟推著五色雞頭的手，再度用詭異的崇拜目光看我。

決定無視那個目光。

「真麻煩，那就去老張的店啊，啥都可以買。」五色雞頭好像沒打算放開學弟的腦袋，就像螃蟹鉗一樣夾住他的頭直接往百年老店走，「剛好大爺也要買點東西……對了，漾，你打算哪時候跟本大爺一起走啊？」

我愣了下。

「學長，你們要私奔嗎？」好補學弟拚命抬頭看我們。

把人參的臉壓回去看路，我有點好笑地回答五色雞頭：「現在出不去吧，不是很多監視嗎。」

「幹掉。」五色雞頭還是那個單一選擇，「重點是你去不去。」

「這個回去再說吧。」指指下面一直拉長耳朵想聽八卦的好補學弟，我不覺得當他面說這件事是個好選項。搞不好這條參回過頭又誤解到天邊去，誰知道會不會過一晚校園謠傳又變成妖師勾搭學生入夥黑暗戰隊什麼的！

正要轉進百年老店那條街時，附近人潮傳來一陣騷動。

還沒反應過來，我就看見人群那邊炸出一隻超級大的白色東西——好像是什麼三倍大的北極熊不知道從哪掉下來，砸在人潮中，咚的一聲連我們這邊都感覺到腳下地磚跳了下。

那條受不得驚嚇的參瞬間手腳並用地黏貼到五色雞頭背上。

「你當本大爺馱獸嗎！滾下來！」五色雞頭一秒剝離人參。

好補學弟還來不及哭著往我這邊黏，又是一個巨大的聲響傳來，這次好像掉得比較遠，在別條街道上，但是多了砸破建築物的聲音。

幾秒後又是一記。

「唉呀，似乎有波動影響了左商店街的結界通道。」

一直在左商店街擔任播報員的兔子女熟悉的聲音從空氣中傳來：「目前通道遭到破壞而扭曲喔，請閒著沒事、或人生很有事想要練拳頭、今天失戀、明天失婚、後天失智的各位動起來吧。今日恢復商店街，今日才有商店街可逛。接下來是『丘恩的店』限時大特價啦，現磨的罕見食人獸骨頭粉，一百公克十卡爾幣，六百公克一罐、附贈食人獸臨死前的咆哮，要買要快喔！」

……什麼鬼咆哮。

這種東西眞的會在課堂上用到嗎！都賣給誰去了啊！

「好想要。」五色雞頭有點期待地看向街道另一邊，「在班上放出來一定會很讚。」

「不准買。」你是想讓全班聽什麼鬼咆哮！

「也是，本大爺有更好的。」

「……」完全不想知道他還有什麼咆哮，我決定先讓老頭公研究一下可以阻隔各種咆哮的防禦法，以免哪天突然就這樣死了。

「學、學長……」完全被我們兩個忽略的好補學弟抓緊我的衣角，驚恐地看著剛剛掉巨大北極熊的方向。

北極熊發出正常的咆哮，揮出牠巨大的前腳掌把一個要靠近牠的路人拍飛到遠方屋頂上。

接著就這樣尖叫著往商店街另一邊逃逸了，邊逃還一路撞飛各種人事物，轟轟烈烈地伴隨著世界末日巨響和震動遠去。

「欸，牠淚奔了。」學弟呆呆地看著北極熊開始變小的屁股。

「淚奔？」對了，這學弟之前好像聽得懂鳥語。我想起吃人參鬚的事情。

好補學弟鬆開手，放過我的衣角，「嗯，一邊哭一邊叫媽媽，跑掉了。」

原來是頭幼熊嗎？

我有點同情莫名其妙掉下來的小北極熊。

接著，我們的天空突然變得一片黑暗，下意識抬頭向上看時，我看到正上方出現一個超級巨大、幾乎遮蓋一半天空的毛茸茸白色屁股。

「啊，牠老木來了。」

五色雞頭超鎮定地開口。

「啊啊啊啊啊啊啊啊啊啊——————————」

學弟超不鎮定地跳到我身上大尖叫。

「老頭公、米納斯。」

屁股掉下來前，我只來得及喊出這兩個名字。

接著，毛茸茸的黑暗降臨商店街。

※

「漾～沒想到你短短時間變得滿不錯的嘛。」

一片黑暗中，五色雞頭擦出亮光。

也不知道他所謂不錯是哪方面不錯，反正我先打量了周遭狀況，只看見很多快和我手臂一樣粗的毛貼在結界上，米納斯和老頭公交織結界與水支撐起不被壓扁的空間，以及昏死在地上的學弟一條。

……果然是在屁股下吧。

「喂喂，別睡啦。」五色雞頭蹲下身往學弟臉上甩兩巴掌，被嚇暈的學弟才慢慢動彈起來，「漾都沒昏你在昏啥！本大爺還真沒看過膽子比僕人更小顆的！」

我比較想知道在你心裡我的膽子有多小顆。

「噗唧——」

我愣了下，看向聲音來源，這才想起還有隻壁虎在我身上。粉紅壁虎順著胸前口袋探出小腦袋，左右張望半晌，接著抬頭看我，發出各種唧唧叫聲。

「沒想到你比大爺還早帶紀念品！」五色雞頭用一種「原來你也長大了啊」的語氣說話。

「最好是，我晚一點還得送牠回去咧。」也不知道這隻壁虎還要待多久，看牠好像很滿意口袋……不對吧，回去滿意你的家啊！

「牠想要跟學長一起玩……」還有點搞不清楚狀況的學弟揉著臉，從地上爬起，迷迷糊糊地翻譯給我們聽：「牠說牠現在還小比較弱，但是長大會變得不一樣。」

「咦？會變嗎？」

說起來這個世界好像到處都是變身的存在！搞不好壁虎也會變成美少女、美少年什麼的喔喔！感覺突然有點期待了。

「會啊。」學弟點頭，很天真地微笑：「會變比較大隻！」

我把兩手放在學弟腦袋上，以發洩壓力的方式用力捏下去。

「哇啊啊啊啊啊啊啊啊啊啊啊啊啊——爲什麼爲什麼啊啊啊啊啊啊啊——」學弟發出好像被什麼輾死的慘叫聲。

莫名覺得眞的有點紓壓！

壁虎又叫了兩聲，再度鑽回口袋裡。

好吧，先不要管牠會不會長大。

我把好補學弟扔開後，轉向還蹲在地上的五色雞頭，「米納斯和老頭公沒辦法支撐很久喔。」尤其北極熊牠媽還超大隻，那個重量一直壓裂我不穩固的防禦壁，從老頭公和米納斯一直在抽取我精力修補就知道了。

「童子拜觀音。」五色雞頭給我一記拇指。

「不准！」想對北極熊牠媽幹嘛啊你！

五色雞頭很沒趣地啐了聲。

「外面好像有說話聲。」學弟突然抬頭看著上方那些巨大的毛，然後左右張望。

的確，我也聽見好像什麼悶吼的聲音傳來，但可能是因爲被壓在熊屁股下，那聲音聽起來有點悶怪，不過隨著聲音傳出，地面開始震動了起來，腳下地磚裂開了幾道痕跡，還繼續搖晃不止。

「漾～還是衝出去吧！」五色雞頭聽完一段吠吼後，搭著我的肩說道：「上面那隻說要把人質坐到死喔～」

「學長，我們會被壓死嗎？」學弟抓住我的衣角，開始顫抖了。

「你不是能鑽地嗎？」我記得剛剛就是看他從土裡跳出來吧？

「欸，對耶！」好補學弟恍然大悟。

白了學弟一眼，我拿出移動符，雖然不知道北極熊牠媽有多大隻，但轉出去商店街入口處應該夠了吧？

那個果然故意不提移動符存在的五色雞頭露出可惜的表情。

不過今天還眞奇怪，先是學院幻獸被放置詛咒，接著左商店街的什麼通道被攻擊扭曲……根據慣例，該不會有關聯性吧？

糟糕，我還眞快要可以確定有這種可能！

眼前景色逐漸從北極熊媽媽的屁股下開始變爲左商店街的入口，一站定我們才看見整個左商店街區出現了好幾個亂七八糟的詭異巨大動物破壞了許多建築物和商家，人潮早已消失，部分人和我們一樣退到了入口。

即使如此，入口處也有顆超像海膽的不明黑色巨無霸物體正在亂彈。一群人圍繞海膽，放出術法讓海膽慢慢安靜下來。

抬起頭，上方天空已扭曲出好幾道光用肉眼就可以看得出來的怪異紫色氣流。

「目前有六條對外連結通道遭到毀損，請有閒沒閒或是你家正在吵架你想要解放壓力、妳男友劈腿偷吃、連續失眠七天，以及擅長空間法術的人盡快前來報到，左商店街需要您的一份力量，兩份也可以，半份……你好意思半份！吃屎！拯救左商店街人人有責，街長等你喔！」

播報員的廣播響徹整個商店街，不過就算她沒有召喚人員，也已經有不少人出現在完好的建築物屋頂，自動形成小隊組織，以力量比較強的人爲首，修復起詭異的紫色氣流。

「你們是學校的學生嗎？一般學生請到後方安全處。」海膽那邊有人走過來，朝著我們說道：「還有一些……」

他話還沒說完，那顆海膽突然整顆炸開，而且裡面——

裡面真的是海膽嗎！

我還眞看見海膽的內臟了，但是外面那層殼完全液化，而且朝四面八方像是箭一樣噴射出去。

「老頭公。」我再度和其他人一樣設下防壁，轉動已經在手上的米納斯，「二檔。」

眞是太讓人不舒服了。

不管是那些黑暗聯盟的人，眼前的攻擊，還有各種刺探……包括輔長他們在內，眞的太讓人不舒服了。

既然如此的話……

握住了來福槍，我瞄準那顆海膽。

「裝塡。」

「慢著。」一隻爪子抓住我的槍。

我帶著煩躁，瞪向那隻又跑來惹我的五色雞。

「本大爺有准僕人先動手的嗎？」五色雞頭朝我的槍一彈，米納斯不知爲何突然恢復爲原本小小的狀態，「不准你有殺氣。」

殺氣？

我嗎？

看著五色雞頭，我發愣了。

※

左商店街的騷動很快就被平息。

如同播報員的口氣一樣輕鬆，我們被一些人指引去附近完好的茶館等待著，大概半個小時左右，所有扭曲的通道都被完全修復，那些來路不明的巨大生物也全部被送回去。

接著，商店街啟動了有點類似學院能自動修復的術法，那些遭到破壞的屋舍與道路開始慢慢恢復原狀。

「唉呀呀，真有趣不是嗎，已經很久沒有人敢這樣用力砸商店街囉。」

一隻穿著服務生圍裙的狸貓端了小豆蓉丸子過來，「不過學院學生在校園裡看過太多怪事，應該不覺得這有什麼吧哈哈哈哈哈。」

不，有什麼。

我看著縮在角落的好補學弟，深深在想搞不好我的膽子真的比他大顆，我剛入學應該沒有像這樣死命蜷起來吧！

「老張的店好像沒被波及，等等吃飽大爺帶你們用傳送的過去。」五色雞頭收掉手機，橫過身來拿丸子，「那個老色鬼一聽到有新生，馬上就開連結點！」

雖然有點想爲剛剛的事情道歉，但五色雞頭又一臉好像沒什麼事般把我的點心吃光光，連茶都被他喝掉一大半，以至於我突然不想道歉了，而且也不知道該怎樣提起比較好，乾脆先讓事情擱著。

「學長……以後自己來左商店街會不會死？」又湊過來我身邊的學弟用張陰風慘慘的臉看著我，估計我跟他說會，他現在很可能就這樣哭著跑回家了。

「這又不是常態。」把學弟推開，以免他的人參精華液等等又冒出來黏到我衣服上。要知道那種加倍濃郁的味道聞久了其實很噁心的！

「是啊，這不是常態。」狸貓又端來白玉糰子，而且數量變多了，整盤堆疊得像小山一樣，「平常不會這麼多人一起救援的，一定要砸到這種程度才會來幫忙，反正左商店街最喜歡人家打架放火嘛多熱鬧哈哈哈哈哈～～」

不要講得很像什麼歡樂的祭典啊你這隻哈哈哈狸貓！

「學長，下次可以再找你嗎？」聽著狸貓的話，學弟哀傷了，「我不想死……」

「找你朋友啦！」我也不想跟你一起死啊孩子。

對了，我都可以交到朋友，沒道理這條人參沒朋友吧？這點還眞是奇怪，都已經一個學期了還沒有朋友好像有點不對勁，該不會又是一個表裡不一的傢伙吧？

「扇董事說我很容易被吃乾淨，要我別主動介紹自己。」好補學弟用很認眞但是我聽起來有點哀傷的語氣說道：「所以從開學到現在，我都沒有主動對別人介紹自己過，到現在完全都沒朋友呢。」

……

扇董事，妳到底是想把這條參害成怎樣啊！明知道他腦殘還不跟他講清楚！

「你只要別提本體就好了吧。」完全不曉得董事是故意誤導他還是學弟自己在誤導自己，我覺得有點頭痛。

「好像是耶！」學弟看著我，恍然大悟了。

我按著額頭，決定轉向五色雞頭，但是不轉還好，一轉我就看見兩個一模一樣的五色雞頭正在吃那一大堆的糰子！

「漾~猜猜哪個是本大爺！」兩個五色雞頭同時開口，還勾肩搭背朝我咧了一樣的笑。

「……一個哪來的？」不知爲何，看到兩個一樣的五色雞，突然有種煩躁乘兩倍的感覺。

「狸貓啊。」還是同時開口，兩個五色雞頭很可怕地相視一笑。

糟糕！忘記狸貓會變身！

店員可以這樣玩客人嗎！

「你掉的是這個看起來很帥氣飄ノ的殺手？」不知道是狸貓還是本體的傢伙突然跳起身，擺出他標準的姿勢。

「還是這個宇宙無敵帥氣的江湖第一殺手？」另外一個也跟著跳起來，擺出一樣的姿勢。

……我可以兩個都不要了嗎？

看著毫無差異、連氣流感覺都相同的二人組，我整個很不想選，「右邊那個……」只好先胡說一個！

「漾！你竟然猜錯！」左邊的立刻抗議。

「是假的，我話還沒說完。」我朝著左邊的五色雞頭聳聳肩。

「欸，竟然猜對了。」右邊的五色雞頭砰地一下，變回剛才的狸貓店員，「作弊也沒關係啦，要開心啊哈哈哈哈～～～」

兩個五色雞頭根本讓人開心不起來啊！

「爲了獎勵客人作弊答對，這就是給客人們的獎賞啦。」狸貓從圍裙裡掏出三片葉子，一一交給我們，「變身遊戲體驗版，頂在頭上可以變身五分鐘一次！徹徹底底從內到外變成不一樣的人或東西！裡面已經注入狸貓的關愛，就連普通貓狗都能使用喔喔！」

我看著葉子，突然覺得果然是狸貓會送的東西！

好像下次可以變個誰去騙人！

「如果客人有興趣，現在購買一打十二片只要四卡爾幣喔！」狸貓拿出一盒開始推銷了。

這種東西賣這種價錢可以嗎！

「我要一盒。」

我衝動購物了。

※

「這種東西小店也有賣啊。」

五分鐘後，抽著菸斗的老張就讓我後悔我的衝動購物，「對半菜的中島有八五折優惠，還送你甩炮一包，專炸你旁邊那個死孩子。」

「臭老頭才該炸成烏龜蟲！」正在看旁邊擺設物的五色雞頭回頭槓了句。

老張呼了口煙圈，顆顆笑了兩聲。

「我想買這些東西。」趁五色雞頭繞到另一邊的空檔，我把我想要的東西寫在單子上遞給老張。

「眞不少，菜中鳥你要旅行嗎，小店有儲物空間側背包，可以塞很多東西喔。」老張一邊看著我的清單，邊說道：「配套一起買，八折優惠，還送你防狼噴霧一罐。」

「……我看起來像是需要防狼噴霧的人嗎。」我抽出卡片給對方，有點無言。

老張邪惡地掩著嘴巴，「有人說只限噴狼嗎？」

也對！好像可以噴別的東西，例如異變的山妖精什麼的！就算異變了，噴了應該也會痛吧？

「小店的防狼噴霧經過特殊調製，會爆的。」老張補了句。

這已經不是防禦，是殺人武器吧！

「噗唧。」

粉紅壁虎突然從我口袋裡鑽出來，專注地看著老張吐出的煙。

「對了，有這種壁虎的飼料嗎？」這壁虎好像也跟了我一下午都沒吃東西，在那隻狸貓的店有拿點心和茶水給牠，但是牠完全不吃。

「有。」老張縮下櫃台，很快拿著一個塑膠盒爬上來。盒子打開後，裡頭是很多紅色小小的顆粒，他順手拿一顆給壁虎吃，「這種混合超級辣椒的胡椒粒牠們最喜歡了，就免費送你吧，很少人會養這種東西。」

「這不是我養的。」不過壁虎好像吃得很開心，我也就感謝老張的好意。

老張再度爬下櫃台準備我要的物品。

「學長，這些可以嗎？」差不多買好自己要用的東西，包括那盒我介紹的抽取式符紙，學弟提著看起來超重的物品走過來。

「你覺得可以就可以啊。」好補學弟買的東西幾乎都是普通學生用品，我上課差不多都有用過，沒有什麼危險物。

「漾~這些可以嗎？」不知道爲什麼跟來湊熱鬧的五色雞頭讓我看他手上黑暗扭曲的不明物體。

「不可以。」又想害誰啊！

「那大爺就買這個。」五色雞頭把那坨東西丟到櫃台上。

接著老張幫我們結帳，也推薦了同樣的側背包給好補學弟，不過他盯了學弟很久，就說要多送他一罐防狼噴霧。

離開百年老店後，左商店街已經完全恢復原本面貌，那些人潮也不曉得從哪裡重新冒出來，又塡滿了街道，彷彿剛才那些攻擊都是幻覺。

學弟喜孜孜地抱著側背包……不是我要說，他剛才買的東西多到我覺得他好像買了一學期的分量，有些還用傳送的送回去，看來眞的是條有錢的參，難怪他同學要黑商他。

「那些熊不知道哪來的。」我拎著學弟往出口處走，隨意地開口。

「嘎？從商道附近掉下來的啊。」五色雞頭馬上轉變成解說語氣：「你這僕人，就知道大爺沒跟著不行，竟然連商道兩邊會有這些東西都不知道。」

我還眞不知道！說到商道不是只會想到那種超普通的商業道路嗎，怎麼可能會想到一堆巨無霸海膽和北極熊全家。

而且之前出去旅行時也沒看過這麼大的東西啊……走獸道就會比較正常嗎？

「商店街的商道都會經過時間縫隙啊，這樣比較快，可是比較危險。」五色雞頭還眞的認眞地給我上課：「左右商店街各有二十條簽約商道，全都是經由時間縫隙拓展出去，只有商店街指定的車馬可以過，用來運送商品。因爲經過時間縫隙，所以會有很多怪東西，今天掉出來的還比較正常。」

原來那叫正常嗎？

不過在這世界的確是正常，我突然覺得好像沒什麼好驚訝了，要是眞的不掉非正常的東西，我才會覺得這世界不正常了。

「商店街按約定不能傷害那些東西，只能送回去，所以應該全都塞回去了。」以有點可惜的語氣說道：「如果不是會引起水滴爆炸，本大爺早就去弄一隻回來！」

說好不能傷害，你剛剛是想童子拜什麼啊！那就不算傷害嗎！北極熊牠媽會受傷吧，不管是身體還是心靈！

話說回來，我也好不到哪裡去就是，如果剛剛真的對海膽開槍，可能會惹上不小麻煩……

「剛才的……謝謝。」這件事我還得向五色雞頭道謝。

「啊？哈哈哈！對本大爺的知識心服口服了吧！就說好好跟著本大爺就帶你上天堂的！大爺可是好老師！」完全搞錯我道謝方向的五色雞頭立刻得意了。

認真地說，你只會帶我下地獄。

走著走著，五色雞頭突然推開學弟，搭住我的肩膀。

「漾～決定好就開口，大爺隨時說走就走。」

我知道。

我也知道萊恩他們之前問我的意思。

但是，在我心中的那道聲音讓我閉上嘴巴，不要再將白色種族扯入，別讓朋友們跟著又捲進其實與他們無關的事情內，遭受更多追殺。

學校那些攻擊只是一個縮影。

即使沒有人說，我也知道。

第八話　尋人

離開左商店街，原本要回校園的我們還沒走到校門口，大老遠就看見那裡有一小片騷動。

不知道是不是錯覺，總之我看見幾隻長得怪怪的小動物，還有應該是地精的東西在校門旁邊，圍繞成一圈在討論些什麼。

「咦？」走在右邊的學弟突然停下腳步，有點疑惑地看著那圈東西。

「怎麼了？」我和五色雞頭也跟著停下來。

好補學弟的表情有點迷惘，好像不太明白，只是直盯著那群生物看，過了好半晌才開口：「有學姊的味道……」

你學姊也吃了人參牌追蹤小蛋糕嗎？

我有點無言地看著那群，不知道哪一個才能稱得上是「學姊」，可能地精還比較有嫌疑，但是那隻地精完全看不出性別就是，「沒想到學校還有這類型的學生。」

「不是啦，學姊不在裡面，是有味道。」好補學弟連忙揮手，「代導人那位學姊，學長你們剛剛問我的，那些動物裡有學姊的味道。」

「這味道會轉移嗎？」我開始覺得有點危險了，這人參味是什麼昆蟲散播型的嗎！感覺好像什麼會擴散給別台電腦的殭屍病毒啊！

「他們可能有學姊的東西。」好補學弟歪著頭想了幾秒，「味道不太會傳染，除非學長你被吃掉了，或是很濃很濃，才會有一點在別人身上。」

很濃很濃是啥鬼，難道這人參味還有進階版嗎？

我不禁下意識抬起手聞兩下，但還是什麼都沒聞到，真不知道追蹤味到底是怎麼來的。

正要問問五色雞頭意見時，赫然看見他不知何時已經過去踩著地精，手上抓著其中一隻很像松鼠，但耳朵很長的巴掌大動物，完完全全就像惡霸一樣對那些被嚇到縮成一團的小動物們開口：「喂，把你們的陰謀一五一十地招供出來，大爺留你們條活路，不然，哼哼哼哼——」

「別在這裡恐嚇小動物。」我連忙把抖到不行的松鼠奪下來。

「大爺不就正在幫你們問那啥鬼味道嗎。」五色雞頭嘖了聲，移開腳，「喂！快說，你們身上怎麼會有學生的東西！」

最好剛剛你有在問，明明就是一臉攔路殺人的樣子。

「學長。」站在一邊的好補學弟拉拉我的衣角，朝我伸出手，「讓我問問。」

把松鼠遞給學弟後，松鼠顯然放鬆了些，發出各種奇怪聲音對好補學弟比手畫腳起來。

就在人參與松鼠溝通時，後頭突然傳來其他人的喊叫：「喂！不要在這邊欺負小動物……又是你！」

轉過頭，我有點眼神死地看著最近經常被我黏在地上的死對頭。

正要出學校的劈里啪啦用一種我們罪該萬死的表情衝過來，直接劈手奪松鼠。

和學弟講得正火熱的松鼠突然被抓，反射性就往劈里啪啦手上咬下去，而且松鼠張開嘴巴後我才看見那口慣例一定會出現的尖銳牙……我就知道這裡的動物都不是吃素的！

好心被鼠咬的劈里啪啦愣了幾秒，連忙拔松鼠。

「學長你嚇到牠了喔。」好補學弟眨著眼睛，呆呆地看著劈里啪啦。

「我才……總之你們離這些動物遠一點。」劈里啪啦抓著松鼠，無視整隻炸毛還想咬他的松鼠，氣憤地看著我們，「你們明明知道有什麼東西會找上你們。」

「可是松鼠要我們去幫忙找學姊啊？」被罵得有點茫然的學弟疑惑地轉向我。

「這個劈里啪啦學長要幫忙你就找他吧。」我聳聳肩，剛好也不想蹚渾水，抓住正要發作的五色雞頭，「他很厲害。」

「……？可是大家說學長比較有名？」好補學弟愣愣地回我。

劈里啪啦怒了，「有名不見得是好名！學校裡面多少知名人物，你怎麼可以向黑暗種族和殺手家族求助！」

「褚學長是好人啊。」好補學弟露出天然的笑容，認眞地回答：「不然你們都說他壞，爲什麼沒有抹除他？他如果是壞人應該不會在學校裡，對吧？」

「不對。」劈里啪啦眼神死了。

「這傢伙腦殘嗎？」五色雞頭已經轉變成看戲般搭著我的肩膀，還拿出肉乾啃。

「我也有點懷疑。」一整個比我還不解世事的好參，扇董事到底是怎麼挑才會把這種參給拔出來，如果讓他隨隨便便離開學校的庇護，可能很快就被人拖走了。還是其實其他的參也是類似這種感覺？

被劈里啪啦教訓了半晌，貌似還得不到世界眞理的學弟一臉無辜地抓抓頭，又轉回我們這邊，「那學長不幫忙找學姊嗎？」

「找？」

好補學弟點點頭，看著還被劈里啪啦抓住的松鼠，「牠說學姊好像被困在通道經過的世界裡了，所以牠們才趁剛剛通道混亂時掉出來，想來找人幫忙，附近的地精才帶牠們過來。」

往地上一看，剛才被五色雞頭踩住的地精已經消失得無影無蹤。

「不需要他們幫忙，我可以幫你。」劈里啪啦有點不耐煩地抓住學弟。可能發現學弟好像不是我們同黨後，他就不想讓人參遭到黑暗的污染，很有勇氣地開口：「卡在通道不是什麼大事。」

眞的不是嗎？

我怎麼覺得劈里啪啦有點心虛。

學弟看了看我們，又看了看劈里啪啦，最後和松鼠對望，過了幾秒突然綻開讓我覺得不太妙的燦爛笑容，「那就各位學長一起去吧！」

「跟他們？」

「跟這小子？」

五色雞頭和劈里啪啦同時暴怒。

「你們也可以不要去啊，我和學長一起去就好了。」好補學弟立刻抓住我的衣角。

等等我沒有要去啊！

「不行！我去！」

「大爺才不會讓僕人自己去！」

五色雞頭和劈里啪啦再度同時開口。

「那就大家一起去吧。」好補學弟很樂地笑。

這條參……

我直接朝他頭頂揍下去。

到底是腦殘還是陰險啊！

※

「這是特殊狀況。」

跟著引路的長耳小松鼠，劈里啪啦有點不甘心地朝我小聲開口：「回學校後，你離那個學弟遠一點。」

「我也很想。」但是那條參還在我身上種了千里追蹤人參味，我都不能確定拉不拉得掉，「對了你不是和你搭檔在一起？」上午在弄那個幻獸時，這人還和第二高傲學生在一起的，怎麼傍晚就落單了？

看了下時間，都晚餐時間了，今天一整天不曉得爲什麼事情眞多，感覺很不單純。

「喬倫泰不是我搭檔。」劈里啪啦挑起眉，「只是剛好遇到……說到這，眞是感謝你這黑暗種族的黏膠，我們洗了一下午才弄乾淨。」

他咬牙切齒的語氣帶著想把我剝皮的恨意，我也只好假裝沒聽見。

看五色雞頭和好補學弟走得還滿前面的，想想機會難得也沒開戰，我乾脆開口問清楚：「你是種族任務還是什麼問題，爲什麼要針對我啊？就算是妖師，但學校不是也有惡魔和其他類似的黑暗種族嗎，難道其他的你就能全接受？」

劈里啪啦看了我一眼，「我也不相信惡魔，我們種族肩負的任務原本就是協助導正世界，但是當我們很久以前信任黑暗種族、認爲黑與白能相處時，回報我們的就是大屠殺，妖師引起的戰爭血洗了我們的部落，只留下幾名族人……我是當時倖存者的後裔。」

這樣我的確沒話說，難怪他會一直找我碴，想把我趕出學校。

雖然我祖先也是被害者，但不可否認他就是造成大戰的原因之一，也有其他任妖師在不同年代開戰，雖然起因是迫害，不過只要像劈里啪啦這樣被牽連的種族都還是會懷抱恨意吧，然後再度重複新的「迫害」。很多時候，最初的導火線已經不重要了，而是各自受到的遭遇成爲了另一個理由。

「歷史……嗎……」我現在突然有點了解那時候重柳爲什麼會吐出那幾個字了。

但是我還是想說，去你的歷史時間必然。

「到了。」好補學弟停下腳步，指著我完全看不出來有什麼的地方，「牠說裂縫在這裡，可以從這邊進左商店街的通道。」

「嗯？左商店街的通道裂縫怎麼會開在這裡？不是修復了嗎？」劈里啪啦皺起眉，檢視那個地方的空氣，「似乎是人爲的。」

「管他，有洞就鑽！大爺最愛這種挑戰了！」五色雞頭突然一腳把還在檢查的劈里啪啦踹下去，我就看他活生生地被空氣給吞噬，好像那裡眞的有個看不見的入口。接著五色雞頭也跟著跳進去，消失在我們面前。

好補學弟立刻跑到我身邊，抓住我的衣角……你這傢伙，該不會是有危險打算把我推出去吧！

抱持著隨時會被推出去的心，我和好補學弟也踏進了空氣中的通道。

眼前景色瞬間轉換。

突然出現在我面前的是恐龍般巨大的長耳松鼠……這是剛剛那隻嗎！

周圍景色像松鼠一樣變得異常巨大，比我還高的雜草有點透光；這裡的時間似乎不是學院那邊的傍晚，還是在早上，附近有幾棵完全看不見頂的超級大樹，看來應該是在什麼森林裡。

「區區隻螞蟻還想幹掉本大爺！回去修練十輩子再來吧！」

轉過頭，我看見比我早進來的五色雞頭打趴跟小馬一樣大的螞蟻，直接踩在螞蟻頭上多揍兩拳。

通道另一端原來是巨人世界嗎！

「不知道通過什麼時間的狹縫，你們小心點。」劈里啪啦繞過那隻衰小的螞蟻，有點忌憚相當不利我們的環境。

「學姊的味道就在附近。」好補學弟抓著我，指向另一頭，那隻現在看起來完全不可愛的巨型松鼠就這樣轟隆隆地跑過去，地面還跟著震動。

「快走吧。」劈里啪啦拽著學弟，用很快的速度跟著松鼠跑遠。

正想說我沒跑那麼快時，身後的五色雞頭突然抓住我的領子，完全無視我的意願直接跟著往前衝。

……你們一個學期不把我勒死個一、兩次不甘願是吧！

眞的快被勒死的我完全不知道他們往哪邊跑，眼前完全發黑了，而且抓住領子的手指還整個被絞住，痛到爆，最慘的是連叫都叫不出聲。

最後好像被扔到地上吧，總之我暈過去了。

不，可能就這樣死了。

※

渾渾噩噩之間，聽到附近有點吵。

過了好半晌，我才慢慢睜開眼睛，一恢復意識就看見好補學弟縮在恐龍松鼠腳邊，然後劈里啪啦和五色雞頭在我兩側，正上方天空則是被放大版的松鼠臉覆蓋。

「漾～大爺還以爲你變得比較強，怎麼連點速度都禁不住啊。」五色雞頭看見我睜開眼睛，嘖嘖了兩聲過來。

……有本事你被吊著脖子全力衝刺試試。

「如果不是知道你們是一夥，我還以爲殺手家族想絞死妖師很久了。」正在幫我治療的劈里啪啦白眼旁邊的五色雞頭。

等等，他在幫我治療？

我被這件事嚇了一大跳，整個人從地上彈起，然後脖子又是一個劇痛，「咳咳……」

「你最好再等等，你氣管裂了還沒治好。」劈里啪啦把我抓回來，繼續中斷的治療，「這裡不是學院，死了就糟了。」

沒想到他還會擔心我死在外面，只好不要再用綽號叫他。

大概又過了五分鐘，劇痛才完全舒緩。

「我的治療術沒醫療班好，不過應該沒問題了。」里德站起身，往後退開兩步，「先說，這是特殊狀況，不是我覺得黑暗種族是好人，回學校你還是得滾出去。」

我吸了兩口氣確定眞的不痛了，才爬起來，「謝謝。」

里德把頭轉開，哼了聲。

一邊揉著喉嚨一邊往周圍看，我們還是在樹林裡，但這邊的樹似乎比剛才更茂密、更巨大了，公車大小的毛毛蟲正從旁邊經過，壓到大根的雜草時還發出不小聲響。

「這哪裡？」看向旁邊差點把我吊死的肇事者，我問道。

五色雞頭把好補學弟拽出來，「問他，他說到了，但是大爺連個蛋都沒看到。」

原來你是衝到終點才發現我快死了嗎！

「在金色的樹上……」學弟縮著身體，戰戰兢兢地比向旁邊的樹。

金色？

我轉過去，沒看見什麼金色的樹，頂天巨木倒是多到不行。

「要等一下，這裡的樹有一些會變色。」里德丟了句過來，「你剛才昏迷的時候有幾棵已經變過。」

約莫又過了幾分鐘，不遠處有顆樹眞的開始變成橙色，隔壁的則是有點發藍……你們幹嘛變色！變色想幹嘛啊！

幾棵樹接連轉換詭異的色彩後，附近眞的有棵開始變成金色；同時，恐龍松鼠突然發出現在聽起來很像猛獸咆哮的聲音，我們一驚，全部轉回去看那隻搞不好想到就會吃人的松鼠。

「松鼠說金色的樹果實特別好吃。」好補學弟盡責地翻譯。

誰管你什麼樹比較好吃！

嚇死我了！

「快點，不然等等又要變回原色了。」里德說完，自己一馬當先地衝出去，接著五色雞頭邊嚷嚷「才不輸給你這種傢伙」也跟著出去了。

我默默地回過頭，看著那隻可堪稱人生陷阱的恐龍松鼠，問學弟：「這可以搭嗎？」

人生陷阱就是當你跑很遠跑得快死的時候，後面才有人追上來說松鼠可以騎。

果然，好補學弟點頭了，「牠說要帶我們上去。」

看著已經衝出去的兩個豬頭，我和學弟悠悠哉哉地爬到松鼠身上，抓住像繩子一樣的粗毛；坐定後松鼠就像箭一樣射飛出去，幾個跳竄就超過還在樹根爬的兩人，瞬間衝到了頂端樹枝，徹底展現一隻松鼠該有的氣魄與威猛。

迎著風，松鼠威風凜凜地站在樹梢半晌，才把我們放在頂梢的巨大樹枝上，接著就到處跑跳竄，摘了一大串顆顆都比台東西瓜還大的果實回來。我和學弟就這樣看著巨人世界的樹林風景，不知道為什麼很悠哉地和松鼠坐在樹上啃果實；不得不說果實真的很好吃，看起來很像放大版藍莓，卻有點水蜜桃的味道和香甜口感，正好充當沒吃的晚餐。

差不多吃飽後，里德和五色雞頭也來到上方了。

里德用「見鬼了」的表情瞪著我和學弟，五色雞頭則吹了記口哨，「漾～看不出來啊。」

我無言地指指還在嚼果實的松鼠。

接下來里德和五色雞頭都不講話了。哼哼，嚐到人生陷阱滋味了吧！

「味道在這一帶。」人到齊後，好補學弟邊擦著手，邊小心翼翼地沿著樹枝走，然後給我們指出附近樹幹的一個大洞。

那個洞看起來有點像蟲蛀的洞，說真的，依照我們這種尺寸，如果那真的是蟲洞，從裡面噴出來的估計是魔斯拉的幼蟲。

總之我一點都不想進去那個洞。

「在裡面。」好補學弟繼續指著那個洞。

「走吧，來這裡就是要解決問題。」里德吞了下口水，翻身直接往那個洞的附近跳過去。

抓住松鼠，完全跳不過去的我讓松鼠再帶一程。

近看這個洞更大了，基本就是個足球場洞窟，洞穴往樹心深入，根本不知道會通到哪裡。

「學長，我可以在外面等你們嗎……」學弟眨巴著眼睛看我們。

我直接往他腦袋搧下去，冷眼看著把我們都拖來這裡的參，「不可以。」你以為想害我們死道友不死貧道很簡單嗎。

走在前面的里德搓搓手，接著一團圓形的光就出現在他手掌上，立即照亮整個大洞。

隱隱約約，我感覺到裡面好像有什麼不同於樹的力量感傳來，的確有某種東西在深處。

「似乎通報公會比較好，我們太衝動了。」

同樣感覺到力量的里德神色有些懊惱。

「嗤，你們這些弱雞，敢來就不要怕被輾，去去去，大爺讓你們這些雜魚ＡＢＣ看看什麼才叫真的江湖第一刀。」很鄙視停下腳步的里德，五色雞頭直接朝深處衝去。

那個第一刀的背影就這樣消失在遠方黑暗中。

因為洞比體型略小，那隻松鼠就留在洞外，一張臉塞進來盯著我們看，接著又遺憾地退出去，表達一點牠心有餘力不足的感慨。

我抓抓頭，也只能跟上去了，誰知道五色雞等等會把刀用在什麼地方，萬一那名學姊真的困在裡面也不太好，起碼進去確認一下還可以幫她通報。

畏畏縮縮的參就抓著我的衣服，我走一步他跟著走一步，害我走得有點累。

一直走到看不見入口洞穴後，周圍開始出現某種絲——很正常的絲，就是我們這種尺寸的細絲，並沒有特別粗大，出現在這種地方反而看起來有點不太正常。

那些絲越來越多，有些纏繞成網狀，層層疊疊的很詭異。

……如果眞的噴出魔斯拉的蟲我就揍人參。

「你們當心點，這恐怕是誘敵蟲。」里德停下腳步，看著阻攔在我們面前、像牆一般大小的灰白色絲壁。

絲壁旁邊已經被撞出一個洞，合理猜想是第一刀撞過去的。

雖然沒聽過誘敵蟲，不過光從字面上來看就不是什麼友善的東西。

「是種類似蜘蛛的蟲子，但是牠們是群體在巢穴主動獵捕獵物，像這樣結成整片的絲壁是巢穴特徵。」里德看我和學弟一臉茫然，用一種看白痴的表情，沒好氣地解釋給我們聽：「這種蟲的絲不會黏，但是接觸久了會麻痺，而且特有的麻痺毒液會殘留在人體上，有些逃走的人會傳染給救援者，結果一起被癱瘓，那些蟲會跟在後面把救援者也一起拉回巢穴。」

聽起來超級危險的！

我立刻想回頭了。

※

「你們在這裡拖拖拉拉幹啥！」

就在我和學弟眞的想拔腿開溜時，江湖第一刀就從那個撞破的洞探出頭，「大爺找到位置了，快來。」

注意到他的手已經變成獸爪，我連忙掏出米納斯，前頭的里德也抽出火符刀，就這樣慢慢地踏進絲壁裡。

一踏進才發現這種絲壁有點厚度，大概二十公分左右，然後一片片往後疊出，感覺很像在通過很多牆壁。

進入通道時老頭公就已設下防禦壁，看來估計對所謂的毒液有效，所以我沒感覺什麼異狀，里德和五色雞頭應該也各自有所防護，貼在旁邊的學弟不曉得是因爲參體有保護還是老頭公也連帶保護他，總之他也沒啪嘰倒下，就這樣戰戰兢兢地跟著走。

通過了幾十片讓人不太愉快的絲壁後，在前方開路的五色雞頭才停下來，前面出現的是一空曠處，那裡有幾團標準捕捉獵物的絲團，大大小小十幾個，不知道裡面都包了什麼，但是沒看見蟲子，從進來到現在連一隻都沒看見。

里德跑過去，切開其中一團，一會兒我們就看見裡頭是隻大型螞蟻，已經掛了。接著他又把其他的切開，一堆奇奇怪怪的小蟲子，就是沒疑似人體的東西。

「可能在更深處吧。」里德鬆了口氣，回過頭說道。

「沒有，味道就在附近。」學弟搖搖頭，緊張地開口：「沒有很遠，就在我們附近而已。」

我們附近全都是那種絲壁，一大堆，再往深處也是這種絲壁，但是顏色比較黃，八成毒液比較濃重。

正要把學弟從我身上剝開讓他去附近聞味道時，我突然看見里德後方跳出一個巴掌大小的黑影，想也沒想便抄起米納斯往那開一槍。

噗嗤一聲，含水量超多的黑影整個爆開，大灘黑藍色水直接潑在里德後腦勺。

里德面無表情地看著我。

「人生就是意外構成的嘛。」我也只能這樣安慰他。

「漾～幹得好！他會馬上痲腦！」五色雞頭還在落井下石。

只好再開一槍弄出水彈，我亡羊補牢地幫里德沖掉後腦那灘東西。

幸好里德沒這樣直接倒地給我們看，而是沉默地拿出手帕擦頭，再沉默地把手帕塞回口袋。接著臉色凝重地朝我開口：「誘敵蟲百分之九十由毒液組成，勞煩不要近距離射爆牠。」

現在我知道了。

讓米納斯轉換子彈的同時，我們周圍傳來大量窸窸窣窣的聲音，密密麻麻的灰色蟲子很快地從絲壁各處爬出來，長得的確有點像蜘蛛，還是那種黑毛蜘蛛，不過這個是灰色的，而且有十隻腳，數量多到讓人覺得很噁心。

我抓抓手上的雞皮疙瘩，就算自己沒密集恐懼症，看到這種畫面也覺得超毛。

接下來我們沒多加交談，我開了好幾槍黏膠彈，把整片蟲黏在原地；五色雞頭則是來一隻拍一隻；不知不覺也靠在我們邊上的里德則是用火符刀的火焰大範圍儘可能地燒掉更多蟲。

不知道這些蟲到底有多少，掃掉一批後好像沒減少什麼數量，而且還有越來越多的感覺，那一片片厚牆後傳來大量窸窸窣窣的移動聲，很像海浪直往我們打過來，完全沒有減少或停止的跡象。

「沒辦法找人，我們先出去再說！」眼看快被蟲子攻陷了，里德立刻拿出符紙。

有點奇怪好像沒聽見好補學弟的聲音，正回頭要叫他跟緊點別落下時，才發現這傢伙已經整隻昏倒在地，還被五色雞頭踩了好幾下。

……下次他再找我們去哪裡，我打死也不去。

這根本是神一般的豬隊友。

就在里德想轉出移送陣但蟲子又大量襲來的危急之刻，附近絲壁突然大範圍燃燒起來，而且是從深處那些黃色的開始燒，一路燒出來，燒得那些蟲子發出各種驚恐的吱吱叫聲，四處散開。

同時，一道身影飛竄了出來，落在我們之中。

「走！」

女性的聲音傳來時，移送陣同時啓動。

❀

里德將所有人傳回樹梢上。

那隻在洞口等待的恐龍松鼠差不多同時被噴出來的大量誘敵蟲嚇得往樹下一跳，幾個飛竄便不見蹤影。

「米納斯。」朝蟲洞連續開了好幾槍，我勉強用大量黏膠封住樹洞，好不容易才停止蟲子繼續噴。

「接下來公會會來處理，你們就到此爲止吧。」

我回過頭，看向一起被傳送出來的便服女性——是個有點高挑，身材比例看起來很不錯的女生，有著一頭黑髮和一雙橘色眼睛，皮膚很白皙，年紀只比我們大一點，估計就是大學部的沒錯。

「這是公會任務，你們怎麼會闖進來呢？」聽了女性的自我介紹，的確就是先前好補學弟說的染花七葉。她看了眼昏死在地上的學弟，有點莫名其妙，「怎麼把靈芝草也帶來了？」

聽到「靈芝草」三個字時，里德的表情瞬間微妙了下，可能在想那是什麼東西。

「有隻松鼠……」既然學弟還在昏死，我也只好向染花解釋松鼠和其他小動物跑到校門口的事情。

「原來如此。」染花聽完簡短解釋後，笑了下，「牠們誤會了，我是在探查誘敵蟲的數量與擴散，這裡不應該有誘敵蟲的，可能是以前通道有裂縫時偷跑進來，偵查完必須回報公會，讓公會移除這些存在。只是數量比我想像的還要多，所以花了點時間深入，才會失去聯絡。」

染花再度看向樹洞，有點困擾地說：「不過因爲你們闖進來，看來得盡快讓公會處理了，這些蟲一發現敵人就會快速轉移巢穴，有些棘手。」

「很抱歉。」里德連忙低頭。

看來我們破壞別人的任務進度，我也趕快跟著低頭。

「沒事，不用在意，我也探查得差不多了，只是提前執行。」說著，染花就發了個術法，接著蹲下身弄醒好補學弟。

被嚇昏的好補學弟一睜眼看見他家代導人，整條參立刻感動到眼睛水汪汪，然後被快了一步的學姊用一條手帕按住臉。看來學姊也很明白精華液的攻擊，眞不知道這學期學弟到底是怎麼在班上安然無恙地度過，難道他在班上就不嚇昏不噴淚嗎？

「不過看到靈芝草和你們在一起我放心多了。」染花突然露出安心的笑容，「他剛入學時很孤僻，我很擔心他交不到朋友。」

認眞說我們也不算他的朋友。

看著自己貼過來的人參，我有點無言。

「對了，你們是從哪裡進來的？一般學生不太容易進通道喔。」

被學姊這樣一問，我們也順勢說明裂縫的事情，她就點點頭表示知道了。

往來路回去時，看著與好補學弟有說有笑的染花，我覺得有點奇怪，這學姊感覺人不錯啊，爲什麼五色雞頭會叫我不要扯上關係？

看不出個所以然，也不能現在當面問，想想算了，反正真有事情應該也會再告訴我。

越過裂縫，回到校門口前，學校這邊天色已完全黑了，夜空滿滿星星和璀璨的銀河，學院裡早已點亮各種燈火，和往常一樣和平地傳來某種爆裂聲……不，搞不好是不太和平。

校門附近已經有一些人在那邊等待了，除了得到通報過來的幾名公會人員外，遠遠地我就看見29兵團那個喬倫泰，還有兩、三個里德平常找我麻煩時在他身邊幫忙的打手同學們。那些人看見里德和我們混在一起有些吃驚，表情都不太對。

走在比較後頭的里德貌似還沒注意到他朋友們正在盯著他看，有點漫不經心地看著身後裂縫走過來，直接開口：「今天的事是特殊狀況，不過對於在洞穴裡被你幫忙，還是得……」

「你想太多了吧，那時候我只是想開你槍啊。」我聳聳肩，用五色雞頭式的嘲諷笑了聲：「一天到晚追在我後面像狗一樣亂咬，沒讓你死在校外太可惜了。」

「你……！」里德惡狠狠地瞪著我。

「就是嘛，看到你們這些妖道角就煩。」五色雞頭搭著我，咧開嗜血的冷笑，「最好閃遠點，不然大爺見一次殺一次，來一打再附贈你阿公阿嬤！」

「你們什麼意思！」喬倫泰和那幾名學生趕來，語氣不善地回罵：「你們才該離開學院！」

一旁的公會人馬不知道是看多了對槓還是覺得學生吵鬧不重要，竟然無視我們，先和染花討論起裂縫的事，完全把我們晾在一邊自己吵自己的，反而是好補學弟整個傻在一邊，有點不知所措。

「別、別吵架……」學弟拉著我的衣服。

「你也別再和他們混在一起，當心墮落成黑暗種族。」其中一名學生冷哼了聲，幾個人拽著里德快速離開，活像繼續待下去就會被我們怎樣，跑得像逃命般。

也是啦，最近經常被我黏，不跑才有鬼。

染花停止交談，轉過頭來說道：「你們也先回學校吧，快點回去吃飯，別再亂跑了，靈芝草也是，乖乖回宿舍喔。」

好補學弟點點頭，轉過來看我。

「別想，乖乖回去睡。」絕對不可能再讓他蹭我房間。

學弟哀傷了。

「漾~大爺有事先閃，記得之前說的。」五色雞頭往我肩膀一拍，轉頭走了。

我拍拍學弟的頭，也往黑館的方向走去。

總覺得今天事情真的很多，回去應該可以直接倒頭睡死吧。

「噗嘰。」

粉色壁虎從口袋裡爬出來，顯示一下牠的存在。

「你也早點洗洗睡吧。」

眞不知道這傢伙到底要跟多久。

第九話　深夜的……

迷惘　迷惘的旅人
撥開霧簾　尋找路線
聽見這歌聲　就隨我來
……
………

深夜，老頭公發現有入侵者的警訊傳來時，我從一片模糊的夢境裡猛然驚醒。

「誰！」

我抓住米納斯，指向房間陽台。

還以爲今天所有事情應該都結束了，現在是怎樣，連睡都不讓人好好睡嗎！

默默抱怨了幾秒，接著看見讓我在大半夜裡目瞪口呆的奇景——那個據說還在療養中的夏碎學長從我陽台外爬進來，一派優雅自然到好像他走的是正門。

這瞬間，我只想到夏碎學長是不是很喜歡爬陽台這件事，因為以前好像也看過他從學長房間的陽台離開。

走門啊！

「晚安。」完全不覺得哪裡不對勁的夏碎學長甚至還向我打了招呼。

「晚……晚安。」我愣愣地回應。

不對！他突然爬進我房間幹嘛啊！

我連忙從床鋪下來、打開燈，果然是活生生的夏碎學長站在那裡沒錯，「夏碎學長有什麼事嗎？」怎麼會誰的不好爬，爬到我這裡來了。

還沒回答我的問題，一條黑蛇從夏碎學長的袖子裡滑出來，接著變成小亭蹦下來。

「小亭這一路上～～都沒出聲喔！」用力地朝他家主人舉起手，小亭睜大眼睛說：「也沒吃東西，什麼都沒吃掉。」

你們這一路不就是從紫館走到黑館來嗎？

「小亭好乖。」夏碎學長摸摸小亭髮辮很漂亮的小腦袋。

「嘿嘿～」得到讚賞，小亭在主人撫摸完畢後，答答答地往我這邊跑來，「你看我都沒有出聲！」

「……好乖。」我只好走過去把零食通通拿進來，以免她等等把我當獎賞吞了。你們兩位應該不是趁夜在玩什麼戰略遊戲吧？

小亭很開心地抱著食物衝出去外面小客廳吃了，看來她有受過不能在睡房裡嗑食物的教育，而且還在外面自己泡起熱茶。

「這麼晚拜訪，打擾了。」夏碎學長勾起微笑，接著自動自發在房間裡布出很多符咒，然後轉向外面客廳。

「呃，沒關係。」跟著對方一路走出去小客廳，我看著他在外面也放出很多符咒和一些小水晶，因爲太高等了，完全看不出是什麼用途，只知道這一大把肯定都內含高階術法。

「抱歉，不先遮蔽某些耳目，就不能好好說話了。」夏碎學長邊這樣告訴我，邊繼續手邊的工作，大約五分鐘過後才宣告完畢。

這時我房間裡已出現不太一樣的空間感，雖然看起來還是我的房間，但卻有另一種地方的感覺。

「這些是空間隔離、空間錯置、空間製造等等的重疊法術，不先這樣事先存在符咒或水晶中，很難獨自一口氣輕鬆布好。」夏碎學長看我一臉空白，好心地向我解釋：「高級空間應用符咒，等你程度到達後就能學習了。」

「喔，好。」我可能要孫子生出來才有這種等級。

夏碎學長完成工作，就在桌邊坐下，在那邊蹦跳的小亭早就已經泡好茶水，連所有零食都拆封擺盤。是說那盤子還眞眼生，妳還自帶盤子過來嗎！

在桌子另一邊坐下，小亭也幫我端了熱茶，接著才跳到空位上去啃零食。等一切都就緒後，夏碎學長才笑笑地開口：「千冬歲隱瞞的事情，希望你別介意。」

隱瞞……啊。

「沒，沒介意。」反正我也不是第一次被瞞了，我連忙搧搧手，今天事情一大堆，早就忘記那個了，「而且千冬歲是爲我們好，夏碎學長也請別追究了。」

「嗯……」

已經追究了嗎！

夏碎學長那個遲疑的聲音讓我好介意啊！

「總之，千冬歲有他的理由。」好像打算就這樣混過去的夏碎學長一臉平靜地向我說道：「似乎是雪野家的占諭有些不祥，讓他相當擔心。」

「不祥？」總覺得我好像從入學不祥到現在了，完全沒任何驚嚇。

「是的，他在排列大家的卜數上出現了不太好的結果。」夏碎學長說著打開一個八角形的暗光方陣，大概三十公分大小，上面充滿密密麻麻看不懂的圖紋標誌，「顯然你與我的部分較其他人惡劣些。」

千冬歲被追究到連卦陣都交出來了嗎……有點不敢去想像他現在變成什麼樣子了。

「夏碎學長你直接拿出來沒關係嗎？」聽他的意思，好像很多人的卜數都在裡面。

「畢竟我是紫袍嘛。」夏碎學長給我一記微笑。

該說眞不愧是學長的搭檔嗎！一個想混過去就說他是黑袍，另一個就說是紫袍！好好想個混水摸魚的理由啊！這些袍級到底是怎麼回事！

夏碎學長合起手，那個暗光圖陣就消失在他掌心中。

「那麼，我就出發了，有消息我會通知你。」夏碎學長抬起頭，用他只是要去花園散步的自然語氣說道：「你就別擔心，好好在學校裡吧。」

「咦？」因爲他說得太過於突然，還在思考哪方面不祥的我一時沒反應過來，呆了幾秒整個人才跳起來，「不對，學長你的傷還沒好吧！」這人前陣子不是還在醫療班重點調養嗎，弄不好醫療班的人可能就會送你六十道鎖啊！

「這倒無所謂，醫療班針對我的醫治、調理方式與藥物配置我已經完全記下來，藥物也全採購好，相信能妥善自理。」

把認眞應用在可怕地方的夏碎學長平靜說道：「而且即使狀況不佳，我想我還是比褚強得很多，如果連褚都想自己一個人去，我似乎也沒什麼好擔憂的。」

夏碎學長有時候講話眞的很不客氣。

我有點眼神死地看著對方。

「……學長怎麼知道我想自己去。」我似乎沒告訴任何人吧，才想著能不能轉移到有設傳送定點的沉默森林再跑路。

「你的表情很明顯，在保健室時，一眼就知道了。」夏碎學長如此回答。

總有一天，我也要練成面癱！

※

「等等，我也要一起去。」

夏碎學長起身準備離開時，我連忙阻止他，「我去拿東西。」說著，我迅速往房間方向跑，接著就聽見後面傳來一句──

「這可不行。」

「老頭……」

還來不及布下保護，我就被一股不明力量撞進房裡，接著外頭傳來各種奇怪的聲音，整個房間剎那間被鎖死，完全打不開，陽台窗戶外的風景直接變成了黑色，沒任何景物。

「夏碎學長！」我用力搥了門兩下，沒有任何回音。

可惡，現在他一跑，我要落跑就難上加難了喂！這年頭連落跑都得搶在別人前頭到底是怎麼回事啊！

「二檔可以打破嗎？」按著米納斯，我問道。

「您的力量尚未強到能破壞加固的空間結界。」米納斯淡淡地回應我：「若要竭盡全力或許可以，但就沒氣力離開這裡。」

我想也是，夏碎學長有心防我就不會讓我這麼容易逃出去。

就在我苦惱該怎麼辦時，架子上那枚銀幣突然落到地上，發出清脆聲響引起我的注意。銀幣靜止後，突然轉回以前那隻松鼠模樣的東西，而且還靈活地跑起來，竄過我腳邊、停在門邊。

因爲是黑山君給的東西，所以我也不知道接下來會發生什麼事，就算噴出雷射還是火箭都不讓人意外。

不過松鼠並沒我想像中整隻爆裂還是爆走，就是對著門板抓了幾下，接著竟然直接穿門而過，整扇門對牠來說變得像空氣一樣。

下意識跟著摸了下門板，我發現手還眞的穿過去了。

抓緊時間，我沒想太多，把背包和衣服外套隨便一抓，跟著衝出去。穿過門板，看見的是完全扭曲的客廳，松鼠不曉得幹了什麼事，客廳外不但黑暗，還扭得跟異度空間一樣。不過夏碎學長和小亭已經不見了，看來他一把我關進房間就立刻跑掉。

不過也跑太快！快得好不對勁啊！

松鼠站在門口等我，見到我出來後，突然又變回銀幣的樣子。

扭曲的空間瞬間恢復正常……連夏碎學長的符咒效力都不見的那種正常。

搞不懂是什麼附帶法術，總之我趕緊把衣服鞋子換一換、外套套好，揹起背包時看見粉紅壁虎鑽進去，就隨便牠了。用最快速度整理好一切，我拿出移動符，想先離開學校時才發現符咒突然不管用了。

……合理地懷疑可能又遭到夏碎學長設計。

既然要這樣陷害我，我、我就拖你後腿！

拿出手機，正想打給千冬歲時，手機突然被人從後抽走。

「褚，這種方式可不好。」剛剛不知道藏在哪裡的夏碎學長直接沒收我的手機。

我就說嘛！怎麼可能逃這麼快。

「這下麻煩了……」夏碎學長看著陽台外，並沒有理我，「比我預計的快，原本以爲他們會專注在裂縫與商店街、學校異狀處理上呢。」

他剛才布下的各種東西消失得一乾二淨，窗外也已恢復平常的樣子。

那隻松鼠如此夠力？

還在持續各種思考時，窗外突然傳來不屬於黑館任何人的聲音——

「裡面的人聽著，你們已經被包圍了！」

有點眼神死地看向夏碎學長，他朝我聳聳肩，表示外面傳來的聲音與他無關。

那道聲音繼續：「我們已經設定好能抵銷兩位術力的陣法，請放下武器不要抵抗，舉起雙手走到窗戶邊，乖乖投降比較不會痛。」

不會痛是怎樣！

原來不是松鼠搞的啊！

「如果你們要抵抗，就別怪我們無視兩位的意願硬來了，我們可是最會硬來的捕獵隊伍，凡是被我們硬來過的人無不留下深刻的記憶。」外面的人話莫名開始歪了，「兩位應該不想要擁有不好的青春回憶吧，那就讓大家都能有個好經驗，請乖乖配合。」

我走到陽台邊，往下一看，看見好幾個袍級，大致上都是白袍、紫袍，還有一些無袍級，很可能是公會來的人，其中一個白袍正在對我們喊精神歪話。

正想回頭告訴夏碎學長外面狀況時，突然有某種東西很快速地沿著黑館外牆打上來，我沒反應過來，直接被那東西打個正著，整個手都麻了。

「站進來。」夏碎學長晃到我旁邊，讓我進房間，自己則是丟了一串什麼東西下去。

好像聽到下方傳來某種跳腳叫罵聲，我默默先檢視手臂，上面除了有些擦傷外，倒是沒其他傷害了，八成是要嚇我們。

等下方騷動平息，才又傳來喊話：「請不要做任何抵抗，如果要繼續抵抗的話我們也只好放大絕，這就不是刮一下可以了事，會很痛喔！」

差不多這時間，黑館其他房間的燈也漸漸亮了，那個精神歪話果然吵醒不少住戶，奴勒麗的房間更乾脆，直接一盆黑色冒煙的不明物體潑出來，差點把正下方的白袍淋個正著。

「執、執行公會任務，請各位給個方便。」那個險些陣亡的白袍有點忌憚地看著惡魔的窗口，「各位等級太高了我們不敢硬上，目標是另外兩位非黑袍，冒犯之處請各位當作沒看見。」

「喔？先不管是什麼任務，你們這樣包圍黑館，感覺是在挑釁呢，不開戰好像有點對不起你們。」奴勒麗趴在窗邊，懶洋洋地看著外面一圈人，還順帶舔舔鮮紅色的嘴唇，「硬上的話，我一個就能上你們全部喔。」

我完全可以感覺到那些公會的人一打黑線掉下來。

「夏碎學長，該怎麼辦？」雖然不曉得黑館的黑袍們會不會眞的炸神經用根本想像不出來的非人道方式去爲難人家，不過那些人衝上來抓我們也只是時間上的事情了。

夏碎學長還沒回答我，房門突然被人敲響，我們兩個立刻警戒了起來。

「是我。」

我放鬆下來。

那是尼羅的聲音。

※

「你們請跟我來。」

打開門後，果然看見了尼羅，大半夜他還是穿著管家的正裝，就和平常一樣，眞不知道他什麼時候睡覺。

與夏碎學長對看了一眼，我們立即跟上尼羅的腳步。

原本以爲他要帶我們去找黑館的什麼祕密通道，意外地他居然直接把我們帶進伯爵房間。

「伯爵不在嗎？」對於牆上釘著的各種會攻擊精神的馬賽克物品，夏碎學長完全沒有大驚小怪，直接走了過去。

「主人正在執行黑袍任務，但我想或許他並不介意讓兩位先借道從此經過。」尼羅微笑地如此回答，帶著我們到裡頭連結房間的其中一扇門前，「從這裡出去會有一小段路徑，隨後會有扇門能接至右商店街附近，在那邊就不會被封鎖術法。」

原來這些房間裡還藏著其他捷徑嗎。

來過好幾次的我還以爲只有接到伯爵他們其他世界一些居所什麼的地方。

「這樣會不會給伯爵添麻煩啊……」隱約聽到窗戶外面還有喊叫聲，我有些不安。

「我消除了兩位的力量感，他們暫時無法追蹤，只會感覺兩位自房中消失，然後在商店街附近出現。」尼羅張開手，我才發現他掌心上有顆小小的銀色圓球，正在跑動某種陣法，「可惜兩位被鎖定，無法直接使用移送術法從這邊幫你們轉出外界。」

剛說完不到幾秒，外面就傳來某種聲響，八成是那些袍級取得共識後開始爬窗了。

認眞地說，走門啦你們！

打開房間門，出現在我們面前的是一段矮樹叢小徑，感覺就像庭院裡修剪整齊的道路。

讓我們在外頭等了一會兒，尼羅拿著包東西再度走來，「如果你們決定這樣做，那麼請務必小心，畢竟這次沒有公會後援，相當危險；我能替兩位準備的也只有這些物品，希望能幫上點忙。」

我道了謝，把東西收進側包裡。

「走吧，估計很快左右商店街都會被設定封鎖，要在公會的人察覺前到達。」夏碎學長朝尼羅點點頭致意。

門關上後，突然整扇門就這樣消失在空氣中，四周眞正成爲樹叢小徑，隱約還有微微涼風吹過，帶來清新的氣味。朝遠方看去時，能看見附近眞的有座小庭院，稍有距離之處能看見花房與好幾叢修剪漂亮的花叢。

小徑盡頭是一棟木造小倉庫，我們推開有些破舊的木門，看見出現在門後的果然是右商店街的入口處附近。

正要踏出去，夏碎學長突然抓住我的後領把我拉回來，「外面有埋伏。」

來這麼快！

可惡，這些袍級就是效率好！

「現在退回去可能也來不及了。」夏碎學長用超然冷靜的聲音說道：「賽塔會協助調出宿舍軌跡，他們應該已經發現尼羅讓我們離開，可能立刻會追上來。」

就像印證夏碎學長的話，從我們來的方向出現了一些聲響。

「整個右商店街都被封鎖嗎？」如果是這樣，那我們搞不好馬上要被拖回去了。

夏碎學長搖頭，「不，只有學院到入口這一段路，右商店街的各種結界與術法設置比左商店街古老、強悍，無法在短時間內針對我們布下封鎖，進入右商店街應該就能使用術法。」

難怪尼羅會把我們送到這邊。

該怎麼辦呢……

「人數不多的話，我應該有把握能放倒。」夏碎學長評估著門外狀況，打算殺出去。

「我……」正打算說點什麼時，我發現手邊有點粉紅，一低頭就看見粉紅壁虎沿著我的手臂爬上來，然後溜進口袋裡。

……！

我想起來了！

「夏碎學長，你相信我嗎？」

本來要開門的夏碎學長回過頭，有些疑惑。

「如果你相信我，閉上眼睛就好了。」

兩分鐘後，我抓著夏碎學長走出木門。

果然才剛走沒幾步，就看見商店街入口前站著兩名白袍，八成就是在等我們，不過既然夏碎學長都說有埋伏了，八成還有其他人在暗處等著陰險一擊或蓋布袋什麼的。

我縮著身體，就這樣往那兩人身邊靠近，早就注意到我鬼鬼祟祟動作的白袍有點不耐煩地看過來。

夠靠近對方後，我就這樣把夏碎學長遞出去——

「要來條吃了會死的口香糖嗎？」

※

「滾！」

被白袍一腳踹開那瞬間，我覺得我這輩子大概沒這麼感謝過帽子。

然後在狸貓葉子效果剩下一分鐘左右時，抓緊手上口香糖直接朝右商店街卯足全力衝刺！

衝動購物也有好結果的！

最後十秒，以飛撲上壘姿滑進右商店街的石磚路。

狸貓葉子在那瞬間解開所有效果。

「走！」變回原貌的夏碎學長抓住我，甩出符咒，好幾種不同的華麗法陣立刻張開。

後頭驚覺不對勁的白袍們發出喊叫聲，不過已經晚了我們一步，那些層層疊疊的法陣瞬間把我們從右商店街轉出去。

下一秒，所有騷動戛然而止，我們兩人掉落在某片柔軟的草地上，附近有稀疏的樹林，頂上則是一片有著大量星星的黑藍色夜空。

不是沉默森林，也不是我知道的任何地方，一個超級陌生的小山丘。

站在旁邊的夏碎學長環顧周圍，接著拍拍我的肩膀，逕自往附近的樹下走去。

地上沒有照明，雖然上面星空很亮，但我還是走得有點害怕，總覺得這種地方好像會跳出什麼東西啊！

貌似沒打算說明現處環境的夏碎學長直接靠著樹邊坐下，黑蛇很快地從他袖子裡竄出來，落地成爲憋很久的小亭。

「小亭這次也都沒說話喔！」立刻朝我們邀功的黑蛇小妹妹握著拳頭說道。

「好乖。」夏碎學長拍拍她的頭。

小亭露出滿足的笑，立即從衣服裡拿出一大塊怎麼看都像是野餐墊的東西，接著在地上鋪開——還眞的是加大版的野餐墊！

鋪完後，她拿出盞燈，終於將周圍稍微照亮起來。

「褚，這裡暫時沒危險，休息吧。」移到墊子上的夏碎學長淡淡說道：「他們知道我們的目的地是綠海灣，應該也設下防備，不能貿然跑去。」

原來如此，我就奇怪怎麼不直接傳過去。

坐到野餐墊上，小亭立刻端來杯熱茶給我……眞不是我要說，怎麼她做起這些事情越來越熟練了啊？該不會再過一陣子就會變成萬用黑蛇小管家吧！感覺怎麼好像有點不錯？

把詛咒體這樣活用眞的沒關係嗎！

看著喝起熱茶、好像還眞的沒關係的夏碎學長，我也不知道該講什麼。

忙完手上的事情，小管……小亭就靠到夏碎學長身邊去吃她自己帶來的零食了。

夏碎學長似乎沒打算開口，我只好先做自己的事情。拿著杯子，取出尼羅塞給我的那包東西，剛剛就覺得有點重量，一解開後發現尼羅在短短時間裡還眞收拾不少東西。

有幾套幾乎嶄新的衣物，上頭有紙條寫著是伯爵小時候、現已不使用，讓他處理掉的衣服，希望我不要在意地收下；上面隱約有力量感，八成有防護之類的東西存在。接著是一整疊讓我有點感動到想哭的厚厚符紙與一大盒水晶，上面已經預存好各種咒術陣法，全都是我沒看過的細緻結構，用膝蓋想就知道很高階，然後是些通用幣、壓縮食物與藥物。

在老張那邊其實我也買了很多備品打算路上用，但是並沒有尼羅的這麼充足……尼羅應該去開個專賣店才對，賣逃生包絕對可以讓他賺到翻。

再說一次，尼羅眞是超棒的管家。如果我是女的或是中大樂透，一定立刻倒貼他。

只是把這麼多好東西給我沒關係嗎？

不管再怎樣看，我也隱隱約約覺得這些東西不太像臨時湊出來的，伯爵小時候的衣服應該不會放在隨手可拿的地方吧？上次舞會時尼羅也都還得翻出來準備才有。

雖然有點疑慮，也很想馬上向他道謝，但是手機被夏碎學長扣押了，外加風頭上也不能立即打回去，我只好默默再把東西收一收，放回背包裡。

一抬頭，猛地看見正朝我流口水的黑蛇小妹妹。

「……妳幹嘛？」該不會一出門就想吃掉我吧！

小亭看著我手上的空杯子。

我滿頭黑線地把杯子拋出去，小亭跳起來咬住杯子，喀啦喀啦地咬碎吃下去了。

養這蛇要吃掉多少杯子才行啊。

「夏……」正想轉移話題忘掉杯子時，我才發現夏碎學長已經闔眼在休息。在這種地方、還有我這個外人在，他竟然就毫無戒備地休息了；果然他身體的負擔比我所想的還要大，而且剛剛還連用很多符咒。

雖然預存類型符咒裡的法術陣法大部分都是先做好再存進去的，但要啓動，本身還是得耗費一些力量，更別說是要啓動那種複雜的術法。

靠著夏碎學長的小亭豎起胖胖的食指，嘟起嘴巴對我比一個「噓」的手勢。

所以眞的睡了嗎？

如果不是我的錯覺，其實我們到達之後完全沒有布下任何防禦措施耶……

看著黑暗草地上莫名出現一些淡淡的影子，我有點緊張。

「褚，沒關係，這裡沒有傷人的存在。」閉著眼睛的夏碎學長淡淡地傳來一句。

既然夏碎學長都這樣說了，我也稍微放鬆下來，移開按著手環的手。

靜下心後，便想到現在學校裡應該亂成一團了。先不管公會那邊會有什麼反應，一想到要跟五色雞頭和千冬歲解釋我就開始不想回去了。

五色雞頭那邊肯定是各種暴跳僕人比大爺先跑不行之類的，然後千冬歲一定會遷怒我和他哥甩開他連夜遁逃，搞不好哪天眞的會被他殺了也說不定，越想還眞的有點胃痛。

望著整片天空的星星，我直接朝旁邊一躺。

總之天亮之後的事，就交給天亮的我去煩惱吧！

第十話　隨後跟來的種種……

明天的我在天亮一大早直接受到驚嚇。

離開學院後反而一夜無夢地睡到早上，完全不用別人叫喚，極度自然地睜開了眼睛，然後被圍觀……

過了好幾秒我才意識到「圍觀」這兩個字的意思！

一大堆黑色淡淡的影子包圍了野餐墊，活像在看動物園裡的猴子還是蜥蜴老虎之類的，就這樣給我圍著一圈，把我完全嚇醒了，整個人從墊子上跳起來，一轉頭就發現小亭張開嘴巴要吃那些影子。

「等等！不准吃！」在搞清楚這是什麼東西之前不要亂吃啊！

「啊？」小亭張著嘴巴，歪頭看我。

這傢伙的主人呢？

野餐墊上沒看見夏碎學長……該不會他被影子吃掉了吧……

「褚，怎麼不再睡一下？」

轉過頭，說人人到的夏碎學長無視野餐墊外那圈超不自然的東西，用很悠閒的腳步踏回餐墊上，手上還拿著我的手機不知道和誰通聯過，接著收好手機再怡然自得地找地方坐下。

那些影子似乎不敢跟著夏碎學長踏進來，只包圍在外頭圍觀。

「這些只是寶石碎片的力量殘影，並不是活物，不會有任何影響。」夏碎學長勾起微笑，看了我一眼。

「殘影……？」我有點搞不懂他的意思。

夏碎學長指指餐墊外的草地上；跟著看過去，天亮之後我才發現草地上一點一點的東西，仔細一看，似乎裡面有不少細細碎碎、黯淡無光的小石頭。看材質好像是什麼水晶還是寶石，但奇異的是沒任何光芒，反而還有點吸光，難怪昨天晚上完全沒發現。

「以前我們在這裡出過任務，當時冰炎一口氣將這裡凝聚了幻惑力量的水晶柱給打碎，那些碎粉還有些殘餘幻影，不過並不具任何危險性。」解釋了由來，夏碎學長說道：「這區域很少人會靠近，也沒有任何術法或種族結界，公會的追兵不會立即想到我們跑到這不受任何保護的地方。」

……

所以說我們昨晚眞的沒有任何防護就睡大頭覺了嗎！

我突然爲昨天睡死的我捏了把冷汗。

可能看出我的眼神死，夏碎學長笑笑地再補充：「放心，山丘下有兩隻砂岩巨蠍，這時節在哺育幼蠍會比較狂暴，如果不是像我們這樣設好定點，正常是不會有人上得來。」

「那如果巨蠍上來了呢……」先不管品種到底是什麼，光聽就知道所謂比較狂暴就是極度危險才不會有人靠近——爲什麼可以看得如此輕鬆啊！昨晚我們睡在狂暴的蠍子窩上面啊啊啊啊啊！

「小亭會吃掉！」小亭連忙舉起手。

按著小亭的頭，我從背包裡拿出一罐餅乾，然後往旁邊一拋再鬆開手，小亭馬上衝過去追餅乾。

「你可以不用這麼擔心，牠們平常不會上來，而且只要清楚這些魔獸、幻獸的習性，就不會有什麼傷害。」夏碎學長說著，語氣一轉，變得有些顧慮，「倒是褚，我先前沒打算讓你一起來……」

「就算夏碎學長沒打算，我自己也想開溜的。」我聳聳肩，只是我沒想到會這麼快就是，本來還在規劃路徑和逃走方法，結果腦子一熱就跟著衝了，果然衝動是魔鬼。

「不，是學校的問題。上次你有公會申請，所以可以以校外雙袍教學的方式銜接課程，但這次你是蹺課。」夏碎學長很認眞地告訴我：「曠課太久會被當，可能得重讀。」

「……」一大清早不但被圍觀，還被人說會被當，我也不禁下意識跟著夏碎學長的動作正襟危坐，「頂多和學長一樣多讀一年？」學長也是整個三年級大半都沒讀，如果我二年級要留級，他三年級也留定了！這樣完全不寂寞啊哈哈哈哈哈哈！

夏碎學長突然露出有點淡淡為難的表情，「褚，你可能誤會一件事。」

我默默地看著他，等下文，而且我覺得按照慣例來說，這下文一定會很打擊我。

「考過紫袍後，我們的學級就已經接近滿級。」夏碎學長語氣很誠懇，「紫袍到黑袍都會加考各式各樣的資格，尤其是黑袍更加嚴格；考過並得到黑袍身分後，基本上差不多已有相等於各學位的認證。因為過於麻煩且任務風險高，黑袍人數才會這麼少。」

「……也就是說學長就算三年都蹺課也不會被當？」我整個人很平靜，感覺心好安寧啊。

難怪學長之前語言學了一大堆，我還在想他人生眞匆忙，原來是因為考證需求嘛。

「是的，學生袍級雖然說還是在學身分，但是紫黑兩袍是隨時都可離校的。會繼續就讀是選修校內其他課程因素，加強己身不足……或是想找藉口不出麻煩任務。」夏碎學長咳了聲：「Atlantis的課程相當多元，才吸引許多袍級就讀。」

總之，你們就是光明正大開著掛啊啊啊啊啊啊啊！

我抱著膝蓋倒在一邊，覺得心累了，不管怎樣就是我一個人留級嘛……嗚嗚嗚……

「漾漾也去考嘛。」連罐子一起吃完的小亭跳到我身上，抓著我的衣服，「這樣就不會當掉了，不然當掉羞羞～」

考袍級不是用來不被當掉的喂！

「嗚嗚嗚我要被當掉了。」

抱著頭，一大早，今日的我就接收到殘酷的現實。

※

「不過就算會被當，我也不要回去。」

小亭開始在野餐墊上裝盤早餐時，我回答了夏碎學長一開始的話。

先別說都已經跑出來到這邊了，現在回去估計會被各種虐待，所以打死我也不要趕在這時候乖乖回去被虐。

「只要你能承擔自己的選擇，該如何做，沒有人能替你指向。」

夏碎學長給了我一個模稜兩可的答案。

總之，抱持著會被當掉的心就對了……不知道回去會不會被老媽給打死，希望學長他們是眞的沒事才好，不然我眞的被當死也不會瞑目。

「那用過早餐就出發吧。」夏碎學長用一種根本遠足的態度說道。

默默地轉向旁邊，我一點都不意外地看見小亭已經把食物堆滿盤子了，仔細一看她身上也有個小花背包，我敢打賭裡面的儲物空間一定塞滿了各式各樣的食物和餐具。

不知爲何，這種野餐風格的任務方式我也好像漸漸習慣了呢……

「對了，爲什麼要把這裡的水晶柱打碎？」咬著新鮮三明治，我隨便找了個話題，想轉移我那會被當掉的不安未來，讓自己盡量輕鬆點。

「……」

「夏碎學長？」幹嘛沉默！

「可能是因爲時間拖太久了吧。」夏碎學長這次給了我莫名其妙的答案。

……

……等等。

我決定不要再繼續問了，那個答案感覺有點凶殘。

大概也不想告訴我水晶柱是怎麼死的，夏碎學長於是安靜又動作優雅地繼續吃他的早餐。

直到早餐時間結束、小亭開始吃鍋碗瓢盆後，他才再度開口——

「我們進燄之谷。」

「咦？」沒想到夏碎學長的目的地竟然不是綠海灣，這讓我有點意外。

「你能想得到的地方現在肯定都已經有人在等我們，但是有兩個地方讓公會插不了手。」

夏碎學長慢條斯理地說道：「一是燄之谷，二是沉默森林。」

我懂他的意思了，夏碎學長估計是想從我們後期分手的地方開始調查，既然綠海灣有追兵在等，那還不如去別的地方。或許他有考慮到我不想讓夜妖精被捲進來，所以當下去燄之谷是最好的選擇；安因確實也說過燄之谷不讓他們進去……夏碎學長有把握進得去？

「走吧。」

看他那麼有自信，總之我是相信了。

那種層層疊疊的轉移陣法再度打開時，我突然聽見附近傳來巨大的聲響，好像有什麼超大的東西轟隆隆地一路往這邊接近，隨著聲音，地面也開始震動了起來。

下意識地回過頭，在景物完全消失那瞬間，我看見兩隻不是用「超大」兩字可以形容的無敵大巨蠍從下方衝出來，接著巨蠍包括景色就這樣消失了。

——說好平常不會上來喂！

回望著我用力的雙目注視，夏碎學長還是那張雲淡風輕、什麼都很自然的臉，微笑地開口：「剛才我是開玩笑的。」

「……」不會上來是開玩笑的嗎？

「主人只說平常不會上來喔。」小亭抓著夏碎學長的衣角，很正經地告訴我。

所以不平常就會上來嗎！我們突然出現在人家窩上面當然就是不平常啊！

我開始覺得有點胃痛了。

一想到昨晚我是毫無防備地睡在巨蠍會隨時衝上來的山丘巢，我就開始覺得人生果然只有更可怕，沒有最可怕。出去晃蕩一次外加差點毀滅世界就以爲自己變堅強什麼的，全都是一千隻草泥馬奔馳而過一去不回頭。

現在，突然覺得阿斯利安他們的隊伍好溫馨。

有點想回學校了。

※

周圍風景漸漸轉變為一片鬱綠的樹林。

看著深不見底的各種綠樹林，我轉向身邊的夏碎學長，「……還是問一下好了，夏碎學長和這邊的交情很好嗎？」雖然我心底是相信的，但精神叫我還是要問問，好讓自己有個底。

「不，我未曾來過。」夏碎學長頓了頓，繼續說道：「這個傳送座標是很久以前『他』給我的，我也不確定是否能順利到達外圍。隱蔽之地每隔一段時間就會改變對外的傳送陣標點，以防被入侵。」

「……」我就知道命運習慣這樣設計陷阱。

和我一樣盯著陌生森林觀望，夏碎學長說道：「不過他當時說過，只要來了，他們就會知道，不論是不是到達正確位置，舊點依然有人手巡視。」

不對，學長的話肯定有別種含意。會知道不代表燄之谷就會載歌載舞歡迎我們，用另一種方向想，搞不好會集體衝過來圍毆我們啊！

就在我開始覺得前途黯淡時，老頭公突然拉出了防禦牆。

「有什麼東西逼近我們。」夏碎學長看著左側，瞇起眼睛，「速度很快……嗯……？」

跟著看過去，過了好幾秒我才看見有某種黑黑一點的物體往我們這邊過來，速度就像夏碎學長說的一樣非常快，不用一會兒似乎就出現隱約能辨認的輪廓。

「……」看著那團正在奔近的東西，我突然不想承認自己看出來了。

重點是，「那團」為什麼在這裡！

「如果你認識那位正在哭著跑過來的朋友，那是最好不過，因為現在我們必須將注意力放在其他狀況上。」夏碎學長稍微環顧了周圍，並不在意哭著衝過來的那團，而是把視線放在看似平凡無奇的樹叢方向。

其實我完全感覺不到有什麼在那裡，不過人家說有應該就是有，畢竟夏碎學長不會騙……不對，夏碎學長會騙人，但是應該不會拿這種事開玩笑，我想大概不會。

「可以吃嗎？」小亭眼巴巴地和我們看著同方向。

夏碎學長拍拍小亭的頭，後者有點遺憾地恢復了黑蛇的樣貌，直接竄進她主人的袖子裡。

那個號稱因為傷勢可能會有很長一段時間不能活動自如的人，就這樣拿出了幾張符咒，上面的花紋很繁複，都是不同法術類型重疊的樣式，有的根本已經不像符咒，反而像是某種藝術圖了。

藝術圖燃燒的瞬間，以我們為中心擴張出木與火相疊屬性的陣法，這讓附近森林傳來一絲細小的騷動。

私下有在教我符咒的安因曾感歎過，夏碎學長的確是近幾年來少數對這些符咒陣法學習相當認眞的人，雖然沒有學長那麼變態……那麼天生聰穎，程度也不見得最高，但夏碎學長在製作多重式符咒時，很罕見地不會爆炸或引起相衝反應，是肯耗時間在精密調整細部上的少數使用者。

綠色光芒離開陣法後急速保護了附近各種植物，幾乎同時到達的火色光像蛇一樣竄繞進樹群中各處；不用幾秒，很快就搜出了藏身在暗處的某種東西。

「似乎逃走了。」夏碎學長看著被推送回來的一小塊衣料，再度打開了某種應該是搜索類的術法，將那塊東西放進去後，便收起所有陣法。

也差不多在這段時間，遠方「那團東西」帶著超級濃厚的味道往我這邊衝過來。

原本還以爲他應該會在正前方停住，所以我完全沒心理準備這渾蛋會像砲彈一樣衝破老頭公的簡單防壁後直接撞上我的腹部，重力加速度瞬間把我撞飛出去外加滾了三圈。

摀著不知道有沒有內臟破裂、超劇痛的肚子orz地跪在地面，我還來不及毆打砲彈，就先反胃噴漿。

「嗚嗚嗚嗚學長你別死啊啊啊啊啊——」

那顆完全不在狀況內的砲彈人參挾帶著濃濃的參味和滿臉鼻涕眼淚，開始給我孝女白琴，

「我知道你一定有苦衷才會離開學校的，可是不要死掉啊嗚嗚嗚嗚嗚——」

鬼哭神號了幾句，人參整根往我身上撲，本來我吐幾口就要收勢的，結果被他用盡力氣一熊抱，胃和肺好像完全被擠到喉嚨去了，那秒腦子裡只有成千上萬的草泥馬像是過境大遷徙一樣各種奔跑，接著我就看見我噴血了。

活生生一口血直接覆蓋在嘔吐物上。

如果這輩子是因爲被人參啪嘰一聲擠出內臟而結束，我做鬼也不會放過他！

※

「嗚嗚，學長爲什麼你又受重傷……」

跪坐在我旁邊的好補學弟還在流眼淚。

如果不是因爲夏碎學長正在幫我治療不能亂動，外加我眞的痛到沒力氣動，我眞心想要把我腦子裡的所有草泥馬都插進人參的鼻孔裡，然後將他往死裡打。

被撞上的前一秒，我還是健健康康沒受任何傷的人啊混帳！

「褚，先別動氣，你的肋骨斷了數根，得花點時間。」眞正還在療養的患者咳了聲，補上一句：「胃也出血了。」

這人參到底和我有什麼仇！

難道我在白堊紀時拔了他的前世今生什麼鬼嗎！

我躺在地上接受治療，深深地思考著究竟有什麼參透不了的原因，才會讓這條人參像隻八爪海怪一樣貼著我不放。

如果神再給我一次機會，前幾天我在花園看到他時，一定是對著他腦袋開一槍而不是把他挖出來。

「學長會不會死……」繼續狀況外的好補學弟一把精華液鼻涕一把精華液眼淚地瞅著夏碎學長，活像他是什麼等著要簽病危通知的家屬一樣。

夏碎學長看著我，可能也不知道該回答好補學弟什麼。

我動了動手，很好，手可以移動，所以我朝人參招了招手。

好補學弟立刻眼巴巴地靠過來，還很有誠意地把臉往我這邊靠，對，就是聽遺言那種標準姿勢。

既然天時地利人和，我當然就是豎起兩根手指，一口氣往學弟的眼睛插下去，愉悅地聽著人參爆出慘叫聲，摀著臉在旁邊地上打滾。

「褚，醫療班有囑咐過我不要浪費無意義的體力。」夏碎學長如此告訴我，完全表達他覺得要治兩個人很累的心情。

「沒關係，這傢伙自己就是根藥，不用理他。」反正人參本體沒眼睛，戳瞎他兩顆，他可能還有千千萬萬顆；而且我也沒戳很大力，最多就是痛而已。

由於人參味太過於濃重，夏碎學長沒問好補學弟的本體……我覺得是人都不用問了，光聞味道都知道這是什麼，以後得想辦法禁止他從各種地方流東西出來。

等到終於被治療到沒那麼痛之後，我才從地上爬起，看著差點把我殺掉的人參開口：「你怎麼會在這裡？」

我是有想到可能五色雞頭或是千冬歲會追上來，要不然就是一票公會的人準備圍堵我們，但我完全沒想到會是好補學弟第一個到。

應該說，他跑來這裡幹嘛啊！

學弟掏出手巾小心翼翼把臉擦乾淨才回答我的問題：「因爲昨天半夜看見很多人包圍黑館……之後就聽他們說逃走了，要全力追捕兩位學長……你們消失得太快了，我不知道該怎麼辦，後來就跟蹤西瑞學長，到這附近就聞到味道了……」

又是那個人參追蹤味！

天下果然沒有白吃的參！這味道到底多久才會散掉啊！

「等等，你昨晚怎麼會在黑館附近？」比起五色雞頭可能已經來到附近，我比較疑惑好補學弟說得很像親眼看見這一點。

「那個……」學弟開始支支吾吾了。

「老實說，不然我把你趕回去。」看他的樣子就知道極有問題，我瞇起眼睛，「說。」

「就……就……就學長不讓我借住，而且昨天很擔心學長，學長不是受傷嗎……而且你們一直在說要去哪裡的樣子，所以我就睡在黑館外面。」好補學弟一臉豁出去的模樣，抱著腦袋嚷嚷：「半夜很多袍級跑來把我吵醒了！結果學長就不見了！我怕他們把你殺掉啊！」

我有點眼神死地看著學弟，這條參的思考模式比起我來根本有過之而無不及，他到底是建立在怎樣的基礎上才覺得袍級是來殺我的啊！

但是出發點好像是爲了我好，我也不能講什麼……

「所以你睡在哪裡？」黑館周圍應該有奇怪的東西在繞，怎麼會讓好補學弟睡在外頭不進行任何騷擾？

「花圃裡。」學弟憨笑地說：「我問了種在那裡的花草，他們借我進去土裡睡一晚。」

「……」能睡在那裡也不容易了，一般人想睡還睡不進去。

我咳了兩聲：「現在你也看到了，我好好的沒事，快回學校去，不然隨便曠課會很慘。」

有多慘我是不知道，反正以前大家都說會很慘，那就一定會慘。

好補學弟搖搖頭，「我也想像學長你們一樣有很多風風雨雨！」

這條參怎麼好的不學，淨學一些亂七八糟的東西！

我看向夏碎學長，他顯然在等我把事情處理好，這讓我只好硬著頭皮再轉回好補學弟，努力擠出聽起來比較像樣的前輩之言：「這些事情和你無關，你也不屬於我們的旅程，就算強求加入也不一定對你有助益，所以回學校去吧，乖乖上課，未來有機會的話，你也可以和你同學朋友們一起出去冒險。」

「沒關係啊，我不介意。」學弟一臉他非常豁達。

重點不是你不介意而是我們介意啊，才見過幾次面就黏得這麼緊也不太對吧？到底爲什麼要這樣黏著不放啊？我應該眞的沒有惹過讓一條參會纏死我的其他事情吧？

「褚。」可能是看狀況僵持不下，不太想再浪費時間的夏碎學長拍拍我的肩膀。

我讓開位置，接著看夏碎學長二話不說直接抽出符咒，下一秒好補學弟的腳下就出現一圈移送陣，他連逃走的時間都沒有，瞬間就被陣法包圍消失在我們面前。

「我將他送回學校門口，這樣比較安全。」收回符紙，瞬間把人解決的夏碎學長並沒有看我，視線落在樹林附近，「看來這個座標點應該已經變動過了。」

握住米納斯，我立即警戒起來。

❀

樹林間出現好幾條黑影。

夏碎學長取出剛才那片衣料，直接向前一拋。其中一條黑影就走了出來。離開樹林的遮蔽後，露出來的是成年男性的臉，不知道什麼種族，看起來是很正常的普通人模樣，身上穿著的厚重袍子被撕破了一小塊，就是夏碎學長丟出去那塊。

……這搜查人的法術沒用好的話好像很容易把別人衣服撕光。

我默默覺得等自己學到之後一定要謹慎使用，萬一撕下來的衣服很大片、對方又是女生的話就死定了。

「請問幾位有事嗎？」並不知道我現在內心正在想歪什麼，夏碎學長很正經地看著出現眼前的陌生人，「爲什麼剛剛對我們透出敵意？」

看了看夏碎學長，我本來還在想會不會是燄之谷的人，但看樣子應該不是，所以還是抓緊米納斯閉緊嘴巴，萬一對方眞的打過來，最壞的狀況八成還是得逃走。

陌生人抬起雙手，「誤會，完全是誤會……我們以爲你們是入侵者。」

「嗯？」夏碎學長不改神色，依舊盯著對方，「幾位是……？」

「我們是這裡的護衛，你們既然來到這裡，應該就是燄之谷的客人吧。」男人露出友善的表情，「一開始誤以爲你們是入侵者才會有敵意，請見諒。」

說眞的，因爲他穿得太普通了，一身灰色的袍子沒什麼特殊點，完全看不出他和燄之谷有什麼關係。

可能是因爲退出歷史的原因才故意弄得很普通吧？

「諸位一直在這裡嗎？」夏碎學長勾起微笑，問道。

「是的，撤點之後我們就一直留在這邊，怕有訪客繼續使用舊的座標，若是因爲這樣迷路就不好了。」男人吹了記響哨，讓後頭其他夥伴陸續走出，大多都是和他差不多打扮的人，同樣沒什麼種族特徵，有男有女，有幾名身上揹著重兵器，「我名皮基尼，是這支護衛隊的隊長。」

「藥師寺夏碎。」夏碎學長也很有禮貌地回覆自己的名字。

「原來是少主的搭檔，你的名字在這裡大家都知道，燄之谷歡迎你們，請兩位跟我們來吧，新的轉移點要走一段路。」皮基尼恭恭敬敬地說道。

除了眼前這個人外，其餘隊伍裡的人幾乎都是面無表情，我也感覺不出他們有什麼特殊力量，於是先趕緊跟上夏碎學長的腳步，那些人尾隨在我們後頭一小段距離。

走進樹林後，才發現這片樹林比我想像的還要深，在外頭看好像是小森林，但裡面的路徑卻一直向內蔓延……可能樹林外有用什麼誤導視覺的法術吧，學校外的種族都一堆結界，上次水火妖魔那裡也一堆亂七八糟的，所以現在看到這些好像也沒什麼奇怪了。

「少主的事情眞是夠嗆的，身爲搭檔的藥師寺先生應該也很煩惱吧。」大概是太無聊，在前面帶路的皮基尼主動搭起話。

夏碎學長就是微笑，沒答腔。

皮基尼也沒留意夏碎學長的反應，逕自繼續開口：「燄之谷退隱歷史這麼久，原本想圖個清靜、不再被外界干擾，沒想到還是得出來收拾外頭的事端。」

說眞的，身爲燄之谷的人講這種話眞是有點白目。

他好像在嫌因爲學長的事情，害燄之谷不得安寧什麼的，走在後頭的我聽著聽著開始不爽了。

「幾位是這種想法嗎？」夏碎學長的語氣聽不出有什麼情緒，很平淡地開口。

「可能燄之谷的人都這樣想吧哈哈，不然好好的狼王少主不做，跑到外頭當公會的走狗幹嘛啊，待在燄之谷裡與世無爭多好，有很多人會服侍他啊。」白目的皮基尼還自顧自地說道：「藥師寺家應該也覺得很麻煩吧，繼承人得兼顧這些事情什麼的，說不定換個搭檔還能輕鬆點。」

夏碎學長還是笑笑的，沒回應對方的八卦語氣。

接著我們又走了一段路，周圍樹林開始變得茂密不透光，路也變得難走了起來。

「差不多就在前面了，那裡有一個平台。」皮基尼回過頭，「以前護衛隊在那邊蓋了定點屋，兩位可以在那邊休息，之後轉移到連接點，狼王會很歡迎你們。」

如果眞看到狼王，我很想先抱怨一下他家護衛隊白目。

正在想要怎樣使用米納斯整皮基尼時，前面的夏碎學長突然停下腳步，我一個沒注意整個人撞了上去，差點把夏碎學長撞出去，幸好他下盤夠力才沒眞的撲地。

被這樣一撞也沒變表情，夏碎學長拍了拍我的肩膀讓我往後退開，然後微笑地看向皮基尼，「我們到這裡就行了，如果到定點屋，反而會有些吃力呢。」

「咦？」皮基尼愣住。

「你怎麼確定我們是客人？」夏碎學長開口。

「……啊？不就是兩位一直說要去燄之谷嗎？一開始我們就是聽見你們說要去……」

「打從到達此地後，一直到方才為止，我們兩人都未開口說出『燄之谷』三個字，也沒自稱是客人，燄之谷的巡衛不至於如此漫不經心就帶著身分不明的人往重要據點。」夏碎學長笑笑地打斷皮基尼，「以及，就我所知，燄之谷會退隱歷史的原因並不是要圖個清靜，在某方面來說，他們原本就是個很不清靜的種族，幾位可以說出你們的目的了。」

原來不是真的護衛隊嗎！

我握緊米納斯，決定等等開打先往白目的皮基尼臉上來一槍黏膠。明明不是護衛隊還敢亂說，欠揍！

皮基尼剛才的笑臉和善意完全消失，取而代之的是深沉的表情，其餘的假護衛立刻將我們團團包圍住。

「藥師寺家的繼承人在學院戰時受了重傷還沒痊癒，你該不會以為你一個人和旁邊那個看不出有啥屁用的小鬼可以對付我們吧。」皮基尼有些嘲諷地說著，和其他同伴拉掉身上的袍子，露出各式各樣的武器和盔甲，「雖然遇到你們是意外，不過和燄之谷有牽連的人先抓了也可以備用。」

糟糕，就算加上小亭，夏碎學長搞不好還真沒辦法一個人打這麼多，我開始思考該不該保護他逃回學院了。

「我得承認我的身體狀況的確無法同時應付幾位。」夏碎學長還是相當雲淡風輕地開口：「所以我只能先陪你們走一段路，做些準備。」

說著，他從空氣中抽出一張白色符紙，上頭隱約浮現了金色紋路，仔細一看好像是龍還是什麼類似的圖案。

白符開始發金光時，我突然注意到我腳邊也有一點淡光；回過頭，我們走來的路上同樣出現一點一點的光芒，每隔一段距離就有一點。仔細看是一張張符咒飄起來在空中發光，周圍還有細小的水晶石正在旋繞——我開始懷疑我是不是瞎了，竟然沒發現夏碎學長一邊走還一邊動手腳！其實我眞的瞎了吧！

其他一樣也瞎了的皮基尼同伴立刻發動攻擊，但是幾個人衝過來時突然好像撞上什麼看不見的牆壁，有人衝得過猛還往後摔。

「風、流、瞬，散華與茱，十七路龍詔使，啓口嘯風。」隨著夏碎學長啓動白符，那些光點開始連結在一起，隱隱約約還眞有某種吼嘯聲縈繞在樹林裡，「限地降譴，四方擊破。」

幾乎瞬間，我感覺到好像有什麼看不見的東西直接從樹林裡衝出來，而且體積還不小；轟轟的巨響刮過我們的防禦壁，衝撞開那些人後直接向上飛衝，整片樹林枝葉以我們爲圓心一下子往反方向翻開，照進大量的光，接著不明物體再度衝下，轟然一聲砸在地面。

所有的事情前後大概不過就幾秒，當樹林裡被沖起的落葉塵土緩緩回到地面後，我看見來不及逃走的皮基尼和他的夥伴們被巨力撞擊後癱倒在地，有些人已經失去意識了。

夏碎學長回過頭對著我笑了笑，「高級符咒連鎖應用，以後有機會教你。」

……這個大概要等我曾孫出來我才學得會。

夏碎學長解除防禦壁，走向還有點意識、正在呻吟的皮基尼，冷冷看了他一眼後開口：「你們可能誤會了一件事。沒有什麼麻煩，也與藥師寺家族全然無關，我以個人意志所做的任何選擇，至今不曾後悔，未來同樣不會。」

皮基尼張了張嘴，就這樣翻白眼昏死過去。

我深深決定，不管在任何狀況下，這輩子絕對不要與夏碎學長爲敵。

《特殊傳說Ⅱ恆遠之晝篇・卷一》完

番外．其一、行前

淡淡的藥香在空氣中如同一層薄膜般潤開。

月見點燃手邊的配方藥物，看著趴在桌前、帶著微醺表情的小女孩，然後勾起微笑，「看來詛咒體對於治療用的燃香似乎很有興趣。」

小女孩抬起頭，衝著他展露大大的笑臉，很單純，沒有任何心機的無雜質笑容。

第一次得知女孩本體時，月見與其他人一樣相當驚訝，畢竟很少人會將詛咒體長時間憑依在某物上並化作實體，還養了起來；更讓人吃驚的是，詛咒體一點都不帶有邪惡的本質，反而遠比許多生命來得乾淨。

即使是經過重組排列，但也差異得太大。

「香香的，很舒服。」女孩抬起頭，笑呵呵地說道：「小亭喜歡這個味道。」

「雖然藥物不錯，但健康的身體不太適合常常聞，下次我幫妳調整一個妳專屬的吧。」月見將小香爐蓋上，看著米白色的霧氣從鏤空的地方緩緩上升。

第一次在小女孩面前放置時，他疏忽沒蓋上蓋子就先做其他事情，結果女孩誤以爲是能吃的，一口就把他的香爐和各種藥物吞下去。

聽見有她專屬的，小女孩的臉亮了起來，「小亭的？能吃嗎？」

「別吃比較好，放著可以香很久。」這陣子差不多熟悉小女孩的講話與行爲模式，月見很鎮定地回答：「如果妳一直留著，下次我來就可以幫妳重新放香草，妳再點燃又有新的香味，但是吃掉就不會再有了。」

「那小亭不吃。」小女孩連忙搖頭，「絕對不會吃。」

月見很想再摸摸小女孩的頭，自家弟弟早就已經不是這種可愛的年齡了，在醫療班部門負責的也多是重大事故，很少有這樣的孩子可以玩。

雖然是詛咒體，但卻與一般孩子無異。

看著女孩，月見悄悄在心中嘆了口氣。

正想繼續整理手邊藥物時，小女孩突然跳起來，一把抱住旁邊的盒子往拉門邊跑，「主人好了。」

才剛說完，木製拉門便被人輕巧推開，完全沒發出任何聲音，接著夏碎從裡頭出現，臉上還有一點疲倦的神色，是剛進行藥性較強烈的治療後殘留的後遺症。

「這次的藥劑……」夏碎看了眼治療士，勾起苦笑。

「我可是冒著風險隱瞞醫療班進行治療，這是你的要求，不是嗎。」月見打開香爐，再度撒進一些藥物，盡量壓制方才治療所帶來的副作用。想想，他笑了下，然後搖搖頭，「越見可能會氣死。」

「很抱歉對你提出無理的要求，但我希望能盡快脫離現在的處境。」夏碎停頓了下，等新一波劇痛過後，才在桌邊坐下，接過小亭已泡好的茶水，讓茶中藥物稍稍舒緩那些不適，「有些事情脫離我們的預料，冰炎的傷勢不在他原本預計之中，所以我想接下來會有很多問題開始浮現……」

身爲替身的藥師寺家族的狀況倒是一開始就在計畫中，夏碎知道總會有這麼一天，而且也已把死亡選項列在其中；不過他的搭檔所面臨的情況倒不在他們原本的盤算裡。應該說，沒預料到會如此嚴重，整整拖延了一年。

然後，在這段時間中，夜妖精們唱出了遠古的歌謠。

歷史已開始向前推動，以相當快的速度。

如果他的搭檔推算得沒錯，很快地，黑暗同盟會再次伸出魔掌。雖然這些事情一開始是以「他」成年之後爲基礎計算，不過終歸有很多變化。

「『他們』會需要幫助。」夏碎握了握還沒恢復力氣的拳頭，沒時間慢慢等身體恢復了。

既然學院戰當時沒死成，那麼當然得繼續延續後面的事。

「路上必須用到的東西我會幫你準備，你就不用瞞著我私下籌備了，這種事情還是讓醫療班來做比較好，萬一拿捏不準，會死人的。」老早就看出傷患根本不打算乖乖待在家裡，月見相當直接地開口：「這陣子我看你很認眞在偷學我的治療手法，我就不用再複述一次基本步驟對吧。」

夏碎勾起微笑。

「把認眞應用在這種地方是不好的。」月見很誠懇地如此覺得。

「我認爲多學習一些事物，是很有益的事。」夏碎也不否認治療士戳破的計畫。

月見再度搖搖頭，「你的復元進度雖然比醫療班上面登記的快了好幾倍，但大型術法與劇烈的打鬥還是不建議，會加倍地傷害身體。」

「我明白。」爲了預防替身的事情發生後自己會不在或是無法行動，夏碎在漫長的求學時間裡只要一有空，就會把力量與法陣以精細的方式貯存進符紙，至今已累積了很可觀的數量。使用符咒雖然也會消耗些許精力，但就能避免月見所擔心的劇烈損耗。

「眞的不行，就回來。」月見其實還是很不樂意讓傷患離開，畢竟他是治療士；現在他比較想像他弟一樣，直接把不安分的傷者用幾十道鎖給封印起來算了。只是夏碎提出的理由讓他不得不點頭，使用在醫療班裡被禁止的方式替他加速修復身體。

目前夏碎的狀況遠比醫療班所知道的好上很多，他也已傾盡所能將無法處理的毒素都先抑制在某處，所以活動大致不成問題，只要確實繼續使用藥物治療，就能暫時保持較佳的行動能力。

「我明白，這陣子眞的麻煩你了。」夏碎知道給對方添了很多麻煩。

想想，對於另外一個人，他也感到有些抱歉。

可能接下來，又得讓另外那人發怒了。

※

「月見哥。」

月見離開紫館後，正打算轉回醫療班，卻突然被叫住了。循著聲音一看，是最近經常照面的紅袍，估計今天也是來找他哥哥的。

自從替身事件曝光後，彷彿想要彌補多年缺少的家人親情，少年幾乎卯起來不斷往這邊鑽，有時還帶著很多罕見的藥物來醫療班，求他幫忙配出更多有效的治療藥方。

沒告訴夏碎的是，少年常常是一身傷地帶著藥物來，月見不用想也知道對方用課餘的時間去了多少危險的地方找來這些東西——情報班不缺情報，少年肯定手上已握有大量珍奇藥物的產地情報，打算一一探索。

「今天沒課嗎？」月見停下腳步，朝千冬歲勾出微笑。

「下午的課，剛任務回來。」千冬歲有點不自在地推了下眼鏡，「想說我哥最近比較願意聊家族的事情，所以……」

所以想要聊更多吧。

看對方有些尷尬，一點都不像受訓過的情報班的表情，月見完全明白。

也算是情報班養成的壞習慣，就像他們醫療班一樣，只要有傷病就會努力想徹底根治，而情報班只要開始探索，就會努力想徹底了解，這點套用在所關心的對象上估計會更明顯。所以以前有位情報班的女孩透露好感時，月見很快就表達自己沒那個意思，不然肯定會沒隱私。

「對了，月見哥你是不是不太舒服？」

就在月見有些走神之際，千冬歲突然話鋒一轉，表情又變回平常的樣子，「我這幾次遇到你好像臉色都不太好。」

「可能是太累了，近期要負責處理的工作有點多，畢竟我是專門處理黑暗的治療士。」月見回過神，立即回答了對方的詢問。

「原來如此。」千冬歲想了下，好歹對方是在醫療班裡，如果一有不對勁應該馬上就會被其他同伴拖走，大概是他想太多，「那就不打擾你了。」

「祝你有愉快的一天。」

互相打過招呼後，便彼此往相反的道路離去。

接下來的日子裡，夜妖精騷動的傳聞順著討論傳進了醫療班。

月見忙碌著實驗更多藥物時，也聽見了不少情報，包括出現在夜妖精中的妖魔地，那些預言正在一一被實現。

然後是陰影的現世，古老封印完全被毀壞後，陰影一度覆蓋了一小片天空，同時也收到大量協助請求。他看著自己培養的其他治療士去前線救援，帶回了一個個被影響的人員，其中最遺憾的可能就是紫袍艾麗娜的事件。

月見認識沃庫，而且有些交情，所以他很遺憾無法提供任何幫助，因爲完全沒有治療艾麗娜的方式。

就像越見之前告訴那名妖師少年的事情一樣，他們無法「治療」鬼族，完全束手無策。這對治療士來說是很大的打擊，不管哪一位都一樣。

告訴沃庫他很抱歉時，他低下頭能看見沃庫顫抖緊握的拳頭。

這是，沒辦法的事情。

「哥。」

月見猛然回過神，才發現不知哪時回來的弟弟正在喊他。用奇怪的表情盯著他看，越見慢慢地開口：「你怎麼了？」

「沒，正在思考換配方，可能能更有效治療黑暗毒素。」月見放下手邊磨到一半的藥材。

不久前，越見幫他採集藥物時正好和陰影事件撞個正著，當時受了嚴重的傷，幸好後來沒留下什麼後遺症。

越見走過來，皺著眉看他在磨的東西，月見後知後覺地才發現自己找錯藉口了。

「這是鬼木針，用來緊急提高身體活力，藥效過就沒用了。這東西最好可以當毒素配方，你唬我啊！」馬上分辨出盆子裡的東西，越見立刻炸了，「你最近手上哪有人要用這個？」應該說，他哥手上的幾乎都是和黑暗有關的重傷患，根本不是一般需要使用短效性藥物提高活力的人，磨這個根本是多餘的事情。

「……因爲以前沒人用過，所以我想試試能不能取它的特性，延長並應用在支撐體力上。」月見面不改色地繼續胡說八道下去。

雖然他弟弟有採集師資格，但在研究黑暗毒素的藥物與配方上，他還是略勝一籌，所以才會是專門處理的人員之一。

越見還是很懷疑地看著自家兄長，不過在控制黑暗這點來說確實是月見比較厲害，或許兄長真的研究出了什麼新的配置也說不定，「那就不用浪費時間磨它，鬼木針在醫療班裡有很多備品，都磨好的，拿一下就有了。」

「偶爾也想自己做做這些事。」月見微笑地說道。

「隨便，多休息就是了。」越見走過去，一把抓住兄長的手腕，仔細探查對方的狀況，並沒有發現什麼異狀，就是隱隱覺得好像有點虛弱，「你最近看起來好像很累，如果傷患太多，我會過來幫忙。」

「我會注意，你忙自己的吧。」

稍微交換了下陰影之後所影響的各種情報後，月見才想起來還有些事，「我想幫夏碎那邊的詛咒體配些薰香，她好像很喜歡，你那邊應該還有很多香料可用吧？」

「嗯，都拿去也可以。」因爲是自己閒著沒事摘回來的，越見沒上交給醫療班，囤了很多，「那條蛇不是普通厲害。」也見過夏碎那個詛咒體，他是眞心這樣認爲。

「確實。」而且也很可愛。

一想到小亭的模樣，月見就覺得很有趣。

如果世界上的詛咒都是這樣子，應該會和平很多很多，他們這些醫療班也不用一天到晚面對各式各樣被惡咒傷害的人們了。

只可惜還是很難。

※

妖師少年再度回到了學院中。

月見離開紫館後，路上聽到不少學生們的議論。妖師一黨和不少人起了衝突，前往挑戰的人幾乎都死於非命……學校裡是不會真死的，所以通常打架時下手都會特別凶殘，這種機會在校外就沒有了。

包括少年在內的妖師一黨輾過不少人，似乎夏碎的弟弟也在張開毒手的人員之中，看來提爾最近抱怨出現了一些刺蝟球就是這麼來的。

然後，護送的隊伍突然就這樣失去音訊。

這件事來得猝不及防，月見還沒反應過來自己聽見的是什麼時，公會的禁口令已下達了，特別要防止所有相關人員得知，他自然也不能對夏碎透露任何一點情報。

只是隊伍怎麼消失的，公會完全不知道。

月見向提爾打聽了幾次，沒有任何後續，不知道是提爾故意不告訴他，還是眞的一點消息都沒有。

幾乎在同個時間點上，開始出現了黑暗同盟的傳聞與事件。

他突然意識到，很可能就是夏碎先前告訴他的時間到了。這陣子不通過醫療班，他用自己和夏碎的管道獲得的必需物品差不多已經準備好，但他原本一直希望不要用上，盡量拉長時間讓傷患能夠得到更充分的休息。

這件事情只瞞了不到幾日。

不只夏碎，戴洛與妖師等相關人員皆察覺到不對勁，立即找上提爾等人弄清楚狀況。

月見這時候被召去保健室。

他到達時，其他人已離開得差不多了，提爾只把夏碎留下來，現場還有洛安、賽塔與安因，都是地位較高的人物，不過保健室外有可疑的血味，月見總覺得和戴洛的力量感有點像，不知道是不是自己多心……

「我們看過夏碎的治療記錄，你現在完全無法執行任務。」等到月見到場後，提爾才用嘆息的口氣說道：「身為專屬治療士，月見的判斷呢？」

原來是因為這樣找他來。月見想了下，很快弄清楚狀況，可能是夏碎提出了要執行後續搜尋的任務，提爾正打算讓夏碎知難而退。

「黑暗還未完全清除乾淨，我也認為不適合。」其實阿斯利安那時候他也覺得不適合，但對方的狀況好太多、也完全壓制了黑暗毒素，所以月見並沒有特別阻攔。

提爾看向面無表情的夏碎，沒有用往常不正經調笑的語氣，反而相當認真地開口：「我們明白你的憂心，但公會的高手並不只有你、或你所知的那些人，在這方面，你可以放心好好養傷，我們會把人都找回來，不會有太多問題。」

夏碎並沒有做出任何回應，也沒有情緒波動。

月見站在旁邊，覺得提爾等人有些為難，他們可能也不想真的太過強硬，是想好好地讓夏碎把話聽進去，表達出能配合的意願，然後乖乖回去休養。

不過夏碎並沒有做出能讓他們放輕鬆的回應，過了幾秒後，才淡淡地說道：「我明白公會的意思，請你們不用為難，程序我知道的。」

提爾的表情更不放心了。

治療相處這段時間以來，月見其實多多少少發現了夏碎的性格不是真的那麼親和好相處，早就知道這點的提爾等人估計更緊張吧。

眼下其他人不好再講什麼了，提爾只好又交代幾句，就要夏碎回去休息，不要隨便離開紫館或醫療班，以免再度惡化。

⁂

把夏碎送回紫館房間時，月見果不其然地看見對方早已準備好的行李。

因爲要避過宿舍管理人的監視，所以行李看起來並不多，只像平常使用的背包……看來夏碎用很長一段時間把東西一點一滴地塞進去，不是一次準備很多，所以沒引起任何人的注意。

「我走了。」

那天晚上，夏碎用很輕鬆的語氣來到醫療班，向他打了招呼。

「一切小心。」看著還未治癒的患者，月見百感交集，很想攔住對方，又只能目送他離開。

深夜的騷動開始時，醫療班這邊也有人包圍了他的工作室。

——夏碎行動的速度超過預料，那麼就是治療他的人也有問題。

醫療班幾乎立刻發現治療報告與傷患的狀況對不上這件事，所以公會馬上派出追究人員，準備先扣押治療士然後進行詢問清查。

對公會匯報假報告其實有點嚴重，還是一名紫袍的假報告。

而且這次事情過後，琳婗西娜雅肯定會發現他一直在裝傻……比起被公會追究，他比較煩這件事情。反正再怎樣，公會也不會因此處決醫療班，最多就是關個禁閉；但如果被鳳凰族族長發現他其實不是單單只有處理黑暗氣息專長，而是還有其他技能時，以後日子肯定就沒這麼好過了。

想想提爾和九瀾，就有點無奈。

邊發呆想著各種可能的事情時，包圍隊伍已打開他的工作室大門，外面站了好幾名白袍與無袍級。

「請配合。」小隊伍非常有禮貌地開口。

他當然會乖乖配合。

月見把手上最後一張病例放進火爐中燒掉後，把一些藥物收整好，會揮發的也鎖緊，然後把這陣子使用的鬼木針蓋上，放到櫃子上層去，接著走向耐心等候的小隊伍。

「慢著！」

走廊上傳來吼聲，聽見消息趕過來的越見氣急敗壞地衝過來，一下子被小隊伍攔住，「你們要對我哥幹嘛！不准動他！」

正想告訴越見不用緊張，只是去被問幾句話時，月見突然停下腳步，覺得有點大事不妙。還來不及轉頭回去工作室，突然膝蓋一軟，整個人向前癱倒，幸好旁邊的白袍動作夠快，立刻攙住他。

小隊伍一時全愣住了，不解月見的反應。

意識開始模糊之際，月見看見他家弟弟憤怒地撞開攔路的人，那張很想咬他的臉瞬間出現在旁邊，然後摸上自己逐漸變得冰冷的額頭和手腕，快速判斷各種狀態。

「你……！」越見詫異又不敢置信地怒吼：「鬼木針是你在吃的！你這……你幫誰做了那種治療？」

搞不好下次醒來真的會被弟弟咬。

月見瞇起眼睛，靠在白袍的手邊，提不起力氣回答任何一個問語了。

失去意識前，越見還在咆哮。

「快點找提爾或九瀾來！把我哥放上治療床！他快死了！他死掉我就殺光你們！」

其實，這些公會隊伍是無辜的。

月見瞬間覺得對小隊伍很抱歉，然後就沉入了黑暗之中。

※

你知道，你使用的方式是被醫療班禁止的吧？

嗯，我知道。

再度清醒時，身體的負擔已減輕許多，取而代之的是一種輕鬆的感覺。

月見眨眨眼，很快就發現他只暈過去很短暫的時間，現在還是清晨，可能距離夏碎出逃沒多久。

「琳婗西娜雅剛離開。」

他轉過頭，看見提爾坐在治療床旁邊，用帶著趣味的神色盯著他看。

「嗯……」月見確實有感覺到昏迷中那句問話是族長詢問的。

「還真的被夏碎給逃成功了，外加附帶褚冥漾一隻，沒想到他們這麼有行動力，看來下次得先把他們手腳都縫起來才行。」提爾笑了聲，伸出手，測量一下治療士的狀況，確定已經完全穩定後才收回手，「你一度瞳孔都放大了，你弟好像眞有被嚇到。」

「對鳳凰族來說，不存在眞正死亡，除非被黑暗扭曲。」雖然是旁支，不過月見知道他們體內的鳳凰族血液不會讓他們這麼容易死，這也是先前越見受重傷後很快又能活蹦亂跳的原因。

「會嚇到還是會嚇到啦，是不是鳳凰族都一樣。」提爾往後坐，高大的身體靠在椅背上，壓得小木椅發出各種聲響，「你是故意幫忙夏碎隱藏治療狀況好出逃的嗎？」

夏碎一跑，醫療班立刻意識到月見的治療有問題。在月見昏迷的短暫時間裡，提爾看過所有記錄，以及月見在醫療班調用藥物的狀況，乍看之下並沒有任何問題，報告做得很完美，可見他額外的用藥都是從其他管道弄來的，爲了隱匿他正在使用不該用的方式做治療，甚至連鬼木針都自己磨，而不是拿公會的備品。

「你們意識到就算夏碎治療的進度超前很多，但他的身體狀況還是會讓我們拒絕他出發對吧。」其實不難猜，提爾不用想就知道原因。不管夏碎復元得如何，傷勢依然很重，公會絕對會百分之百拒絕他的申請，所以他們乾脆隱瞞治療進度，好來一個保留實力逃得讓人來不及防備。

確實，公會就是大意了才沒派出更強的人防堵，居然就這樣被褚冥漾用狸貓葉子給混過去，這件事八成會成爲公會年度笑柄之一。

不過提爾比較意外的是月見竟然會被說動，協助出發這件事。

月見沒有回答提爾，反正對方用的是肯定句不是疑問句，也不須他再次證實。

接著他們兩個同時沉默了半晌，過了好一會兒才由提爾打破安靜，「你手上其他患者暫時換我們接手，協助袍級逃跑還有製作假資料，這禁閉室不能閃的，得給公會一個交代。」

這倒是在預料中。月見點點頭，表示了解。

「不過你算有同伴，應該也還好。」提爾抓抓頭，有點慶幸還好通知黑袍不在自己的範圍裡。

「同伴？」月見有點疑惑。

「聽說黑館那邊也有人協助他們逃走，而且抹掉所有軌跡、阻止隊伍進入搜查……不過那個人本身不是袍級就是。」這可能會讓公會有點頭大，因爲身分特殊，並不隸屬公會體系，無法用公會的規定進行懲處，大概是他的黑袍主人處境會比較麻煩點，「八成最後也會關禁閉。」

聽見有人幫忙讓月見稍微鬆口氣，這樣可以確定夏碎應該沒在逃走時就動手。

「他們應該會進燄之谷吧。」

聽著坐在一邊的醫療班低語說道，月見也這樣認爲。

又過了點時間，提爾再度說道：「關完禁閉，你得去找琳婗西娜雅報到，可能要重回前線調派的陣營中。」按照月見倒下後的身體狀況來做相應的判斷，他們很快就分析出治療士偷偷使用的治療方式，發現這名治療士可能不僅僅原先判斷的只有控制黑暗氣息這種特長。

不知道爲什麼，他只讓他們這些醫療班的人看見這項，隱藏了其他部分；所以這次治療夏碎的假報告才會讓他們覺得無異狀。

月見唉了一聲，覺得自己好日子眞的不多了。

「珍惜你關禁閉的悠閒時光吧。」當然了解友人的哀號代表什麼，提爾拍拍對方的肩膀，「誰教你這次要露出馬腳。」

說完，大致再交代了些公會那邊的瑣碎事項後，已待得夠久的提爾才站起身準備離開。站著想了想，他還是開口詢問：「對了，最後再問一下，到底爲什麼你要協助夏碎逃走？」

「如果他的離開是必定要做的事，那麼在醫療班完全協助之下，至少我能確保他有最佳的狀態，以及藥物，而非放任他獨自處理造成無法彌補的傷害……紫袍並不是藍袍，他再怎樣學也有限。」藥物的搭配最終還是要正規醫療班來使用，很多細節夏碎不會明白。月見知道對方很堅定向前行，那他也只能選擇對傷者眞正好的方式來幫助他行前的準備，「這和交情無關，是一名治療士的判斷。」

「也對。」提爾笑了笑，「確實是。」換成他或九瀾，也會這樣做，和交情無關。

與其讓那些阻止無效的傢伙自己落跑，不如幫他們打點好，確定一路上治療無虞再讓他們跑路，身爲醫療班的思考確實是如此。

那麼月見會用這種治療手段作爲行前準備，也不奇怪了，他必須幫一名隨時會離開的傷患調整到最佳狀態，這是他份內的工作。

「我會幫你向琳婗西娜雅呈報你的判斷是正確的。」提爾頓了頓，突然覺得他們族長應該早知道這點，所以剛剛過來時沒有多問其他事情。

被醫療班禁止、而不是被鳳凰族禁止，琳婗西娜雅同意他的手段。

用力抓抓月見的頭，提爾笑笑，「好好休息吧。」

說完，轉身消失在病房中。

月見鬆了口氣。

側過身，他看著床邊的袍服，治療時有人幫他脫下了，摺疊整齊地放在一邊。

從裡面拿出自己的手機，有人傳了簡訊給他。

打開時看見的是來自褚冥漾的手機發訊，點開上頭什麼字語都沒有，只有一個笑臉符號。

看來夏碎已成功到達第一個他要去的地方了。

回應了一個相同的符號過去，月見刪掉簡訊，然後將手機放回袍服中。

「加油吧。」

接下來，他也該加油了。

黑暗同盟已經出現，那麼，之後還有很多事情必須處理。

閉上眼睛，然後再度睜開眼睛，他嗅到藥物香氣中有絲黑暗氣息，隱身在角落的東西慢慢顯現自己的身影。

「醫療班能控制黑暗氣息的人會妨礙我們。」

粗嘎的聲音從那裡傳來。

「這可眞抱歉，因爲這是我的專長，我最擅長妨礙黑暗氣息了。」月見坐起身，看著來自黑暗中的殺手。

每次有什麼大事要發生前，公會的醫療班總是第一個受到攻擊，這些人喜歡先朝醫療班下手截斷後援的心態眞要不得。

「還有，你們眞的受不夠教訓。」

看著黑暗殺手衝過來，月見只覺得很好笑。

「隨便攻擊治療者的話，會遭天譴喔。」

〈行前〉完

好像看到了啥不該看的……

by 紅麟

好一個滋~補~
的人參湯~
湯

【護玄作品集】

因與聿案簿錄（全八冊）

奇幻靈異、驚悚推理、歡樂搞笑
無聲的紫眼少年與身懷陰陽眼的衝動派，
因與聿的不可思議事件簿。

案簿錄 陸續出版

層層堆疊的案簿錄，逐漸拼湊出「它」的全貌……
繼【因與聿】後，護玄再次推出期待度NO.1的【案簿錄】。
原班人馬加上陸續出場的新角色，更添有趣互動；
新的故事主軸，將故事擴展至其他人氣角色。
奇幻靈異、驚悚推理，最熟悉也最新鮮的案簿錄！

異動之刻（全十冊）

輕鬆詼諧．全新奇幻
喪禮追思會上，一個個散發異樣感覺的人物接連出現。
喪禮之後，地下室竟無端冒出了吸血鬼公爵。
不會吧！住了十幾年的家原來是個大鬼屋……
17歲高中生開始了他的奇妙人生！

特殊傳說〈學院篇〉〈亙古潛夜篇〉〈恆遠之書篇〉陸續出版

既爆笑又刺激的冒險，既青春又嗨翻天的故事設定!!
《特殊傳說》是一部揉合眾多奇幻梗更加上獨特構想的故事。作者筆下的迷人角色、明快的鋪陳、詼諧又緊湊的劇情，帶來閱讀的全新體驗。陸續展開的不可思議校園生活加上各個角色尋找自我與逐漸成長的過程，讓人翻開故事，便一頭栽入這屬於我們的特殊傳說！

兔俠 陸續出版

各種神奇之物降臨的年代，有一群身懷異能的人們，
秉持不同的正義，邁向各自的英雄之道……
20歲娃娃臉熱血青年與伙伴們的「變調」英雄之路，於焉展開！

國家圖書館出版品預行編目資料

特殊傳說II.恆遠之書篇／護玄 著.
——初版.——台北市：蓋亞文化，2015.08
冊；公分.

ISBN 978-986-319-171-1（第一冊：平裝）

857.7　　104012497

悅讀館 RE325

特殊傳說II 恆遠之書篇 01

作者／護玄
插畫／紅麟　封面設計／克里斯
出版／蓋亞文化有限公司
地址◎台北市103承德路二段75巷35號1樓
電話◎（02）25585438　傳眞◎（02）25585439
部落格◎gaeabooks.pixnet.net/blog
臉書◎www.facebook.com/Gaeabooks
電子信箱◎gaea@gaeabooks.com.tw
投稿信箱◎editor@gaeabooks.com.tw
郵撥帳號◎19769541　戶名：蓋亞文化有限公司
法律顧問／宇達經貿法律事務所
總經銷／聯合發行股份有限公司
地址◎新北市新店區寶橋路235巷6弄6號2樓
電話◎（02）29178022　傳眞◎（02）29156275
港澳地區／一代匯集
地址◎九龍旺角塘尾道64號龍駒企業大廈10樓B&D室
電話◎（852）27838102　傳眞◎（852）23960050
初版七刷／2022年1月
定價／新台幣 240 元
Printed in Taiwan

GAEA ISBN／978-986-319-171-1

RE325
GAEA

特殊傳說II 恆遠之書篇 01

蓋亞文化　讀者迴響

感謝您在茫茫書海中選擇了蓋亞，您的支持是我們最大的動力。
不要缺席喔，讓我們一起乘著夢想的羽翼，穿越時空遨遊天地！

姓名：　　　　　　　性別：□男□女　　出生日期：　年　月　日

聯絡電話：　　　　　　手機：

學歷：□小學□國中□高中□大學□研究所　　職業：

E-mail：　　　　　　　　　　　　（請正確填寫）

通訊地址：□□□

本書購自：　　　　縣市　　　　書店

何處得知本書消息：□逛書店□親友推薦□DM廣告□網路□雜誌報導

是否購買過蓋亞其他書籍：□是，書名：　　　　□否，首次購買

購買本書的動機是：□封面很吸引人□書名取得很讚□喜歡作者□價格便宜
□其他

是否參加過蓋亞所舉辦的活動：
□有，參加過　　場　　□無，因爲

喜歡出版社製作什麼樣的贈品：
□書卡□文具用品□衣服□作者簽名□海報□無所謂□其他：

您對本書的意見：
◎內容／□滿意□尚可□待改進　　◎編輯／□滿意□尚可□待改進
◎封面設計／□滿意□尚可□待改進　◎定價／□滿意□尚可□待改進

推薦好友，讓他們一起分享出版訊息，享有購書優惠
1.姓名：　　　　e-mail：
2.姓名：　　　　e-mail：

其他建議：

廣告回信 郵資免付
台北郵局登記證
台北廣字第00675號

TO : 蓋亞文化有限公司　收

103 台北市承德路二段75巷35號1樓

GAEA

GAEA